Peter Dell

Leiche in Spätburgunder

Peter Dell

Leiche in Spätburgunder

KnechtVerlag

Die Geschichte spielt im südpfälzischen Landau.
Die handelnden Personen entstammen der Phantasie des Autors.
Ähnlichkeiten mit lebenden oder toten Personen
sind weder gewollt noch beabsichtigt und wären rein zufällig.

Umschlaggestaltung: Anette Marquardt

2. Auflage 2004
ISBN 3-930927-83-7

Donnerstag, 27. Mai

Als ich den trockenen Weißburgunder genüsslich über die Zunge schlürfte, bemerkte ich nicht zum ersten Mal, dass der südpfälzische Wein mittlerweile zum besten gehört, was in den deutschen Anbaugebieten gedeiht. Was ich nicht dachte, war, dass ich mich in den nächsten Wochen in den Gefilden der Weinveredler herumtreiben werde, die das Fass mit einem Fruchtjoghurtbecher verwechseln. Eigentlich bewege ich mich eher auf dem Terrain der fremdgehenden Ehemänner, die in einer Kleinstadt wie Landau leicht zu entlarven sind. Für 150 Euro am Tag zuzüglich Spesen verschaffe ich den betrogenen Ehefrauen die Gewissheit, dass ihr Gatte nur noch ihre Bügel- und Kochkünste schätzt. Es folgen Dramen und Tragödien, die mich aber nur noch peripher berühren, wenn die Fotos überreicht sind und das Geld eingesackt ist. Eigene Erfahrungen und Routine stumpfen ab und lassen das Geheul von der einzigen großen Liebe mitleidlos verhallen.

Einen richtig großen Fall kann ich in einer Stadt wie Landau sowieso nicht erwarten. Außer der geschilderten Doppelmoral der guten Bürger lässt sich nur noch mit kleineren Versicherungsbetrügereien und der Suche nach der flüchtigen Bekanntschaft vom letzten Weinfest rechnen. Die groß angelegte Schieberei im städtischen Bauamt ging ohne Gewinn an mir vorbei, obwohl ich den Fall wahrscheinlich schneller gelöst hätte als die örtliche Polizei und Staatsanwaltschaft. Doch manche Fälle sollen gar nicht ganz aufgedeckt werden. Auch das gehört zu den ungeschriebenen Gesetzen einer sauberen Kleinstadt, in der jeder jeden gut kennt. Den letzten Toten gab es vor drei Jahren, als ein Betrunkener unglücklich über seine eigenen Beine stolperte und sich beim Sturz das Genick brach. Außer den diversen Wirten, die dem Unglücklichen zu viel Bier und Schnaps ausgeschenkt hatten, gab es jedoch keine üblichen Verdächtigen, die von einem zweitklassigen Kleinstadtdetektiv hätten überführt werden können. Komischerweise hat mich auch niemand aufgefordert, die bösen Buben ausfindig zu machen. C'est la vie.

Der Tag war eigentlich schon zu Ende, und ich saß in meinem kleinen Büro in der Landauer Innenstadt, das aber den Preis einer Vierzimmerwohnung hat. Der große Vorteil an diesem Altbau ist ein gut temperierter Keller, in dem ich problemlos meine Weinschätze lagern kann und der groß genug ist für die dreißig Flaschen, die ich gewöhnlich zu lagern habe. Der Weißburgunder, übrigens eine hervorragende Spätlese eines befreundeten Winzers aus Godramstein, neigte sich langsam dem Ende zu. Es stellte sich nur noch die Frage, ob ich noch auf einen Sprung in meine Stammkneipe gehe oder mich in mein Bett zurückziehen sollte. Die in ihrer Unzuverlässigkeit zuverlässigen Ehemänner hatten mir in den letzten Monaten einige tausend Euro beschert, die einem akuten Geldmangel entgegenwirkten.

Eigentlich hätte ich einige Tage ausspannen und mich einigen Freunden und Freundinnen, die ich schon lange nicht mehr gesehen hatte, widmen können, als mich das

Klingeln des Telefons aus diesen wichtigen Überlegungen riss.

»Hier ist Hanno Wingerter. Sind Sie vielleicht noch zu sprechen? Es wäre unheimlich wichtig für mich, dass ich mich noch heute Abend mit Ihnen treffe.«

Ich erklärte Wingerter, dass ich gerade auf dem Sprung sei, um mich in meinen wohlverdienten Feierabend zu begeben, doch ausnahmsweise könnte ich mir noch ein bisschen Zeit nehmen, wenn er sofort vorbeikäme. Er sagte, dass er in fünfzehn Minuten bei mir sei und legte auf.

Hanno Wingerter war einer der größten Weinbauern in der Südpfalz, weinsteinreich und ständig auf den Ausbau seines Betriebes in einem Dorf zwischen Landau und Edenkoben bedacht. Wie es sich für den wohlhabendsten Mann eines Dorfes gehört, war er Vorsitzender des Sportvereins und ehrenamtlicher Bürgermeister mit eigener freier Wählerliste. Seine Weine haben mich noch nie besonders begeistert, auch wenn die Fachpresse einige Male ihre überdurchschnittliche Qualität erwähnte. Der einzige Grund für mich, sein Gut zu besuchen, war seine ziemlich attraktive Frau, die zumeist die Weinproben übernahm und sprachlich perfekt zu retten versuchte, was nicht zu retten war. Wenn ich bei Wingerter Wein kaufte, dann nur wegen des hinreißenden Lächelns seiner Frau Julia. Nur wegen ihr und seines Geldes machte ich die Ausnahme, auf meine Bettruhe zu verzichten, die ich mittlerweile meiner Stammkneipe vorgezogen hatte. Zudem machte sich der hervorragende Weißburgunder bemerkbar, dessen Flasche nun leer vor mir stand. Mit dem Instinkt eines guten privaten Ermittlers entfernte ich schnell die leere

Flasche von Wingerters Konkurrenz, deren Anblick trotz der Güte des ehemaligen Inhalts hätte geschäftsschädigend sein können. Ich blätterte gedankenverloren im aktuellen Sportmagazin und las zum zehnten Mal den Bericht über den grandiosen 4:0-Sieg unserer Lauterer bei den Bayern und freute mich diebisch über die unberechtigte rote Karte gegen Kahn in der 89. Minute, als es an der Tür klopfte.

Wingerter war eine imposante Erscheinung, rund 120 Kilo Lebendgewicht, lichtes Haar und mit der typischen Knolle im Gesicht, die einen tüchtigen Pfälzer Winzer auszeichnet. Alles in allem war er eine recht feiste Erscheinung, die bei näherer Betrachtung an eine alte Bulldogge erinnerte. Gedrungen, ohne Hals und mit einem ständig grimmigen Gesichtsausdruck. Seine Kleidung war korrekt, aber unspektakulär. Er trug eine braune Kordhose, ein kariertes Hemd und weiße Tennissocken in abgetragenen Waldläufern.

»Lassen Sie uns gleich zur Sache kommen«, polterte er los. »Der Preis ist völlig unerheblich, das Ergebnis für mich unbezahlbar.«

Ich merkte, ohne überhaupt zu wissen, worum es ging, wie meine Pupillen zu Dollarzeichen mutierten. Ich bat ihn, sich zu setzen und mir zu erklären, welches wichtige Anliegen er habe. In der Hoffnung, dass sein sündteures Auto oder die neu angepflanzten Dornfelderreben gestohlen worden seien, hörte ich ihm aufmerksam zu.

»Meine Frau hat einen Liebhaber!«

Ohne mich besonders zu wundern, ärgerte ich mich zuerst darüber, dass ich es nicht selbst war, um dann gleich gedanklich feststellen zu müssen, dass ich wieder einen unheimlich interessanten Fall vor mir hatte. Mal was Neues. Eine untreue Ehefrau.

»Seit einigen Wochen«, so der scheinbar Gehörnte, »ist sie ständig alleine unterwegs, angeblich mit ihrer besten Freundin. Doch ich habe rein zufällig erfahren, dass die gewisse Freundin gar nicht im Lande ist. Als ich Julia, ich meine meine Frau, zur Rede stellte, hat sie nur gelacht und gemeint, ich sei einfach schlecht informiert, ihre Freundin sei erst gestern weggefahren. Doch ich weiß sicher, dass sie schon mehrere Wochen verreist ist.«

Ich wollte von ihm wissen, ob er sich auf seine Informanten verlassen könne und ob er sich sicher sei, nicht überzureagieren, da ich seine Frau ja kenne und eine Überreaktion sehr wohl zu verstehen sei.

»Lassen Sie Ihre unverschämten Anspielungen, junger Freund, und finden Sie einfach nur heraus, wer meine Alte vögelt«, war seine knappe, unmissverständliche Antwort. Er griff in seine Hosentasche und reichte mir 1 000 Euro über den Schreibtisch. »In einer Woche möchte ich den Arsch von diesem Typen auf einem Silbertablett serviert bekommen, ist das klar?!«

Ich nickte artig. Bevor ich ihn fragen konnte, wo die Lieblingsplätze seiner Julia seien oder an welchem Punkt ich zu suchen anfangen sollte, knallte schon die Tür, und er war verschwunden. Ich saß hinterm Schreibtisch, 1 000 Euro in der Hand, mit der endgültigen Sicherheit, dass mir Wingerters Wein niemals schmecken würde und einem Anflug von Mitleid mit der von mir zu beschattenden Frau.

Freitag, 28. Mai

Mein erster Weg führte mich zu Katja, meiner persönlichen Apothekerin. Wenn man Ende der Dreißiger ist, quält einen ab und zu doch das eine oder andere Zipperlein. Heute wollte ich aber nur guten Tag wünschen und bei der Gelegenheit einige Informationen einholen. Katja war als Apothekerin fast so gut wie ein bestens informierter Friseur, denn die oberen Zweihundert der Gegend gingen bei ihr ein und aus. Das lag daran, dass sie die begehrteste unverheiratete Frau in ganz Landau war und keine hässliche obendrein. Schon seit langem hatte auch ich die Absicht, die schöne Apothekerin zu einem gemeinsamen Abendessen einzuladen. Ich kannte sie schon einige Jahre recht gut, und ein Besuch bei ihr war immer begleitet von einem nervösen Kribbeln in der Magengegend. Hinzu kamen Informationen, die sie mir gelegentlich als Freundschaftsdienst lieferte und die für einen Kleinstadtdetektiv unbezahlbar sein konnten.

Ich betrat ihre kleine, aber feine Apotheke, in der man meinen konnte, dass die Zeit vor hundert Jahren stehen geblieben sei. Das Interieur im Jugendstil fein aufeinander abgestimmt, alte Medikamentenschränke, die jeden Antiquitätensammler vor Freude aufschreien lassen würden, und dazwischen Katjas reizvolle Erscheinung in einem weißen Apothekerkittel. Ich fühlte mich bei ihrem mir entgegenstrahlenden Lächeln gleich viel besser. »Sie ist einfach bezaubernd«, dachte ich und ärgerte mich im gleichen Moment zum wiederholten Mal, dass ich sie noch nicht zum Essen eingeladen hatte. Katja ist Anfang dreißig, hat langes blondes Haar, leider viel zu oft versteckt, eine Nase wie Kleopatra und einen schwanengleichen Hals. Insgesamt eine atemberaubende Ausstrahlung.

»Du wirst doch wohl nicht krank sein, mein Lieber?«, war ihre erste Reaktion, als sie mich wahrnahm, »zumindest siehst du nicht so aus. Wie laufen die Geschäfte, wieder irgendwelchen Ehebrechern auf der Spur? Bei mir gibt es zurzeit keine zu finden.«

Ich hatte sie schon einige Wochen nicht mehr gesehen und war froh über die kurze Andeutung über ihr derzeitiges Privatleben.

»Ich wollte dir einfach mal wieder Hallo sagen und dir in deine funkelnden, unergründlichen Augen schauen, und wir könnten außerdem in den nächsten Tagen miteinander essen gehen und Neuigkeiten aus der Provinz austauschen«, schlug ich ihr spontan vor.

Ich wunderte mich über meinen ungewollten Mut.

Sie lächelte mich an und meinte verschmitzt:

»Du willst immer nur Informationen von mir.«

Sollte ich nun leicht erröten, geschmeichelt sein wegen der neidischen Blicke des rüstigen Frührentners neben mir oder ganz gelassen weiterreden? Ich entschied mich für Letzteres und wollte wissen, ob ich sie kurz im Hinterzimmer sprechen könne.

Als wir alleine waren, kam ich zur Sache. Ich schilderte ihr meinen neuesten Fall und wollte erfahren, ob sie mir irgendwie weiterhelfen könne. Sie konnte sich das Lachen nicht verkneifen, als sie erfuhr, dass ich tatsächlich wieder einmal im Eheleben anderer Leute rumschnüffle. Ich konnte mich aber wie immer auf sie verlassen. Scheinbar pfiffen die Spatzen das Verhältnis von Julia Wingerter schon von den Dächern, nur ich selbst hatte noch nichts davon vernommen. Katja konnte mir zwar nicht sagen, wer der Glückliche sei, doch die ganze Stadt munkle, dass es ein Professor oder Dozent der hiesigen Universität sein solle. Sie habe ihn anscheinend bei den Weintagen im Frank-Loebschen-Haus kennen gelernt und würde sich mit ihm in Karlsruhe oder Mannheim treffen. Dies, so Katja, melde zumindest der Landfunk. Ich bedankte mich für die Anhaltspunkte und verabredete mich mit ihr zum Essen. Durch eine Ansammlung von Kunden und Verehrern drängte ich mich zum Ausgang und war in doppelter Hinsicht mit meiner Idee zufrieden, bei Katja vorbeizuschauen.

Der heimliche Verehrer der Wingerter war also an der Universität zu finden. Der Fall ist so gut wie gelöst, dachte ich mir und freute mich über das leicht verdiente Geld. Auf dem Weg zum Campus schmiedete ich Pläne, dass ich Katja beim gemeinsamen Abendessen fragen würde, ob wir ein paar Tage zusammen wegfahren könnten. Ein bisschen Entspannung würde mir gut tun. Doch es sollte, wie fast immer, alles anders kommen.

Mit der Universität verbanden mich eher nostalgische Gefühle. In grauer Vorzeit hatte auch ich einmal eine akademische Karriere begonnen und einen Abschluss in Philosophie und Soziologie erlangt. Doch als Geisteswissenschaftler hat man die gleichen Chancen wie ein Unternehmer, der in Kirgisien dänischen Wein verkaufen möchte. Seitdem hatte ich mich mit allerlei Jobs herumgeschlagen, für Zeitungen geschrieben, in Kneipen eine Zusatzqualifikation zum Sozialarbeiter erworben und Eltern die Arbeit abgenommen, ihre Kinder durchs Abitur zu boxen. Private Ermittlungen lagen meines Erachtens meiner Ausbildung am nächsten. Ob man in Bibliotheken wühlt, für eine Zeitung recherchiert oder im Privatleben anderer Leute stöbert, gibt und nimmt sich nicht viel. Auch an der Landauer Universität habe ich manchmal ein Seminar übernommen, um zu rechtfertigen, warum ich acht Jahre an Hochschulen verbracht habe. Durch diese Tätigkeit habe ich immer noch einen guten Kontakt zu wichtigen Leuten unserer höheren Lehranstalt. Angie, eine 25-jährige Studentin der Germanistik, die ich dort in einem meiner Seminare kennen gelernt hatte, erledigt heute noch meine leidige Schreibarbeit, kocht gelegentlich für mich und geht manchmal mit mir ein Bier trinken. Sie weiß auch gut Bescheid, was aktuell an der Uni so läuft. Deshalb steuerte ich zielstrebig die Cafeteria an, wo sie für gewöhnlich zu finden war.

Die Universität, ehemals Erziehungswissenschaftliche Hochschule, ist ein Bau der späten sechziger Jahre. Eigentlich eine in Beton gegossene Depression, ohne Odem der Wissenschaft und völlig überfüllt mit zukünftigen arbeitslosen Lehrerinnen und Lehrern. Sie liegt etwas abseits vom städtischen Geschehen, wohl deshalb, damit nicht ganz Landau mit dieser Tristess gestraft wird. Vorbei am weiß getünchten Atrium, das die Deckenhöhe einer Schwarzwälder Bauernstube hat, nur nicht die Gemütlichkeit, schlenderte ich durch die Betonröhren Richtung Mensa, und die Kälte des Bauwerks ließ mich, trotz 27° Celsius Außentemperatur, innerlich und äußerlich frösteln. In der Cafeteria angekommen, sah ich auch sofort Angie rauchend und diskutierend an einem Tisch sitzen. Ihre aktuelle Haarfarbe war orange, ihr aktueller Haarschnitt halblang. Zweiteres wird sich wohl nicht so schnell ändern, dachte ich mir und erinnerte mich mit Wehmut an ihre langen, braunen Haare. Junge Frauen lieben nun mal schnelle Veränderung – in allen Belangen. Ich setzte mich an einen anderen Tisch und blinzelte ihr zu. Es gibt doch Anblicke in der Uni, die einen erfreuen können. Als sie sich in ihrem viel zu knappen, aber nicht minder angenehmen Minikleid in meine Richtung bewegte, hätte ich, trotz der farblichen Veränderung ihres Kopfes, fast mein eigentliches Anliegen vergessen. Doch ein harter Privatdetektiv hat sich immer unter Kontrolle. Okay, fast immer.

»Habe ich vergessen, dass ich heute bei dir arbeiten soll?«, fragte sie mich verlegen.

Ich erklärte ihr, dass ihr bis zum Anschlag gefüllter Terminkalender sie nicht im Stich gelassen habe und ich ihre Hilfe bräuchte. Wenn sie sich bei meinen Ermittlungen nützlich machen konnte, strahlte sie über das ganze Gesicht. »Eigentlich«, sagte sie gelegentlich, »ist es meine Bestimmung, dein Partner und nicht nur deine unterbezahlte Schreibkraft zu sein.« Auch jetzt konnte sie sich nicht verkneifen zu bemerken, ob ich es nun endlich kapiert habe, wo ihre wahren Qualitäten liegen. Ich schaute sie an und biss mir auf die Zunge, um nichts Unüberlegtes von mir zu geben, obwohl mir bewusst war, dass sie es rein beruflich meinte. Ich leitete geschickt zum eigentlichen Thema über. Ich dozierte – was soll man anderes an einer Uni tun – die Sachlage und machte ihr deutlich, was Katja mir steckte. Als ich Katjas Name nannte, erfror ihr Lächeln im Gesicht. Wie es sich für meine Moneypenny gehört, duldete sie keine andere Frau in meinem Umfeld. Am wenigsten Katja.

»Philipp«, raunzte sie mich an, »wenn ich dir bei dieser Sache helfen soll, lass diese blöde Kuh aus dem Spiel. Ich kann für dich viel mehr in Erfahrung bringen. Du brauchst sie gar nicht. Für die bist du nur ein kleiner Fisch, der mit ihren hochkarätigen Verehrern nicht konkurrieren kann.«

Ich stoppte sie in ihren Tiraden und bat sie sachlich zu bleiben, ohne zu vergessen, nebenbei einzuschieben, dass dasselbe wohl auch auf sie selbst zutreffe.

Sie brummelte etwas vor sich hin, um mir dann zu sagen, dass sie wisse, wer der Liebhaber von Julia Wingerter sei.

»Es gibt nur einen knackigen Dozenten an der Uni, hinter dem die Hälfte der Studentinnen her ist. Doch diese Groupies benehmen sich zurzeit, als ob ihr Popstar geheiratet hätte. Sein Name ist Heiner Maierbach, und er unterrichtet Musik.«

Sie führte weiter aus, dass in der Gerüchteküche gemunkelt werde, Maierbach sei in Ludwigshafen mit einer dummen Zicke gesehen worden, die mit einem reichen Winzer verheiratet sei. Ich müsste mich nur an die Fersen des Musikus hängen und schon sei mein Fall gelöst. Wie sie wisse, treffe er sich mehrmals die Woche mit der Wingerter auf der Autobahnraststätte bei Edenkoben, von wo aus sie ihre Tour d'amour begännen.

Ich dankte Angie für die wichtigen Informationen, ohne zu vergessen, ihr ein Kompliment für ihr gewagtes Kleid zu machen. Sie überhörte es und machte mir den Vorschlag, am Abend bei ihr zum Essen vorbeizukommen. Sie würde ihr berühmtes Gulasch mit Semmelknödeln machen und ihr fehle noch ein guter Wein. Angesichts der Tatsache, dass mein Fall erledigt war, sagte ich zu, wenn Maierbach heute nicht aktiv werde.

Im gleichen Moment verspürte ich einen kurzen heftigen Schmerz am Schienbein, und Angie raunzte mir zu:

»Maierbach!«

Ein Mann, Anfang vierzig, groß, schlank, gepflegt, mit schwarzem Haar und runder Nickelbrille, stolzierte durch die Cafeteria. Ein intellektueller Casanova. Julia Wingerter hat keinen schlechten Geschmack. Ich betrachtete mir die imposante Erscheinung und erinnerte mich daran, dass ich den Musikdozenten schon bei einigen kulturellen Veranstaltungen in der Umgebung gesehen hatte. Gerade vor kurzem, beim Auftritt meiner singenden Freundin Sarah, war er mir durch sein viel zu euphorisches Klatschen aufgefallen. Soweit mir noch gegenwärtig ist, hatte er sich sogar im Anschluss an die Veranstaltung mit ihr unterhalten! Ich sollte vielleicht auch noch einige Takte mit Sarah sprechen, ging mir spontan durch den Kopf, mit dem Hintergedanken, meine Ermittlungen noch mehr zu verkürzen. Maierbach holte sich eine Tasse Kaffee, setzte sich alleine an einen Tisch, las den SPIEGEL und genoss sichtlich seinen gelungenen Auftritt.

Ich schaute Angie an und flüsterte ihr zu, ob sie die Zeit habe, den Don Juan einige Stunden im Auge zu behalten. Sie solle mich anrufen, wenn er Anstalten machen sollte, Julia Wingerter aufsuchen zu wollen. Angie nickte und war sichtlich dankbar für diese verantwortungsvolle Aufgabe. Ich verabschiedete mich, stand auf und setze mich Richtung Büro in Bewegung.

Mein Briefkasten quoll wieder einmal über. Zwei Tageszeitungen, drei Werbeblätter, die neuesten Angebote eines Möbelhauses, die Telefonrechnung und eine Ansichtskarte aus Finnland. Noch im Laufen las ich die Karte, die mir mein Berliner Freund Klaus schickte. Er lobte die finnische Landschaft in höchsten Tönen, bedauerte aber zutiefst, dass sein kulinarischer Anspruch in keiner Weise befriedigt sei. Als ich die Tür zu meinem Büro öffnete, ärgerte ich mich bereits über die viel zu hohe Telefonrechnung. An meinem Schreibtisch angekommen, wanderte das Werbematerial ungelesen in den Papierkorb. Jetzt konnte ich in Ruhe die Zeitungen lesen. Die FRANKFURTER RUNDSCHAU legte ich zur Seite, um mich zuerst dem Sportteil der RHEINPFALZ zu widmen. Schumacher startete in Spa aus der ersten Reihe, Steffi Graf versuchte ihr zwölftes Comeback, und der KSC hatte ein vorgezogenes Zweitligaspiel in Cottbus verloren. Ich vertiefte mich in die Vorschau auf das Flutlichtspiel FCK gegen Hamburg am Abend und zählte die Pfälzer in der Anfangsformation. Immerhin waren es noch drei. Wenn ich heute Abend nicht arbeiten müsste, könnte ich mir beim Essen das Spiel mit Angie, die sich erstaunlicherweise auch für Fußball interessierte, anschauen. Der Lokalteil gab heute nicht viel her. Ich wollte die Zeitung zur Seite legen, als mein Auge auf eine kleine Überschrift DREISTER WEINBETRUG fiel. Ich begann, die Nachricht zu lesen.

»Die Staatsanwaltschaft ermittelt zurzeit gegen Winzer aus Rheinhessen und der Pfalz, die ihren Weinen zur Geschmacksaufbesserung Lebensmittelaromen beigemischt haben sollen. Die Lieferanten sind unbekannt, Hauptkunde ein Winzer in der Pfalz. Die fruchtig schmeckende Verbindung sorgt bei den damit versetzten Weinen für einen vollmundigeren Geschmack. Der Zusatz von Aromen ist bei Wein verboten. Bei Likören hingegen ist der Zusatz von künstlichen Aromastoffen, die der Konsument hauptsächlich im Zusammenhang mit Joghurt kennt, erlaubt. Verschiedene Proben werden derzeit im Weinanalyselabor von Dr. Hans-Georg Lustig in Neustadt/Weinstraße untersucht.«

Wieder einmal ein paar schwarze Schafe, die den Ruf unserer schönen Pfalz ruinieren, dachte ich mir, und mein Schulfreund HG sollte sie zur Strecke bringen. Bestimmt interessanter als Ehebrecherinnen zu entlarven. Durch künstliche Aromen wird der Wein viel dichter, was zurzeit voll im Trend liegt und auch durch die mittlerweile erlaubte Mostkonzentration erreicht wird, bei der dem Wein Wasser entzogen wird. Aromen aber passen überhaupt nicht in das Geschmacksbild eines Weines. Für Kenner ist ein mit künstlichen Aromen versetzter Wein viel zu intensiv. Der Normalkonsument merkt dies jedoch gewöhnlich nicht. Ich nahm mir vor, demnächst mit HG einige Schoppen zu vernichten und mit ihm über die Panscher zu diskutieren. Wahrscheinlich würde ich dann auch die Namen erfahren, damit ich diese Betriebe in Zukunft meiden konnte, obwohl ich mir sicher war, dass meine Winzer durch natürliche Qualität überzeugen.

Gegen vier Uhr meldete sich Angie bei mir und berichtete, dass Maierbach am heutigen Abend Fachbereichskonferenz habe und sich wohl nicht mit Julia Wingerter treffen könne, da es bei der Konferenz um langwierige Berufungsverhandlungen gehe. Ich bemerkte, dass ich gegen sechs Uhr zum Essen kommen würde und mir dann gerne mit ihr das Fußballspiel anschauen würde. Sie hatte nichts dagegen einzuwenden und legte auf.

Drei Dinge musste ich nun noch erledigen. Wingerter anrufen, Sarah anrufen und eine Flasche Rotwein aus dem Keller holen. Ich entschied mich genau für diese Reihenfolge. Wingerter informierte ich, dass sein Auftrag nahezu erledigt sei und er spätestens übermorgen die notwendigen Beweise auf dem Schreibtisch liegen hätte. Verhältnismäßig freundlich dankte er für die schnelle Arbeit und versicherte mir, dass noch einige Scheine auf mich warten würden. Wir verabredeten uns für Sonntag in seiner Weinprobierstube. Sarah war wie immer kurz davor, das Haus zu verlassen, und machte deshalb den Vorschlag, sie könne sich heute Abend nach ihrem Konzert mit mir treffen. Ihr Auftritt ende gegen elf Uhr und ich solle sie im *Alten Kaufhaus* abholen. Ich willigte ein und begab mich in den Weinkeller.

Das kräftige Gulasch konnte einen ebenso kräftigen Spanier vertragen. Ich stand vor meinen nur noch spärlich gefüllten Regalen und begutachtete die Reste meiner Spaniensammlung. Von der Qualität her sollte es ein Reserva sein. Meine Crianzas waren getrunken und ein Grand Reserva wäre für den Anlass unpassend. Rioja, Duero, Navarra oder Penedes boten sich noch an. Ich wählte die letzte Flasche *89er Castillo Ygay* von Marqués de Riscal, der nur in ausgesprochen guten Jahrgängen erzeugt wird, und kehrte noch einmal kurz ins Büro zurück, um zu überlegen, was ich noch von morgen auf übermorgen verschieben konnte. Zufrieden mit dem Erreichten schloss ich für den heutigen Tag die Tür hinter mir ab, ging um die Ecke zur Gaststätte Bäuerlein, trank einen Milchkaffee und beobachtete die Abendeinkäufe der Landauer. Kurz nach sechs Uhr stieg ich in meinen alten Citroën DS und fuhr zu Angie.

Schon im Treppenhaus roch ich das Angie-Spezial-Gulasch. Hinter ihrer Wohnungstür sang sie im Duett mit Alanis Morisette »You ougtha know«. Ich klingelte. Angie öffnete.

»Zieh schon mal den Wein auf, fülle ihn in die Karaffe, die im Wohnzimmerschrank steht, in zehn Minuten gibt es eine kleine Vorspeise, rauche bitte auf dem Balkon und zieh dir die Schuhe aus!«

Ich sagte »Guten Abend« und fügte mich den Anweisungen. Mein Großvater hatte mir vor Jahren schon den guten Rat gegeben, Frauen nicht zu widersprechen. Als ich den Rioja dekantiert hatte, begab ich mich auf den Balkon und rauchte eine Gauloises.

Angie hat in Arzheim ein Zweizimmerapartment mit Blick auf den Wasgau. Die Sonne stand noch drei Handbreit über der Madenburg und ich genoss den Blick auf unsere schöne Pfalz. So abwechslungsreich war kaum ein Landstrich in Deutschland und auch darüber hinaus. Entweder bestimmten der Wald oder der Wein eine Gegend. Doch die Pfalz bot alles im Überfluss. Vor allem der nahtlose Übergang von den Weinbergen in den Pfälzerwald begeisterte mich immer wieder. Mir wurde wieder einmal klar, dass ich nirgends anders leben wollte, als Angie mich zu Tisch bat. Wir tranken einen trockenen Sherry und aßen Blattsalat mit gebratener Hühnerleber an einer einfachen Vinaigrette aus Sherry-Essig und Walnussöl. Ich mochte die Art, wie Angie sich um mein leibliches Wohlergehen bemühte und gleichzeitig hatte ich das ein oder andere Mal die Möglichkeit, mich mit meinen eigenen Kochkünsten zu revanchieren. Für mich alleine würde ich nie aufwändig kochen. Sie erzählte mir von ihren akuten Beziehungsproblemen und von den diversen Prüfungen, die für sie in den nächsten Monaten anfielen. Ich hörte nur zu und war froh, dies alles weit hinter mir gelassen zu haben.

Beim Gulasch philosophierten wir über die Aufstellung unserer Lauterer und über das zu erwartende Ergebnis des Spiels. Wenn der FCK gewinnen sollte und gleichzeitig die Bayern verlieren würden, wäre die Meisterschaft drei Spieltage vor Saisonschluss entschieden. Der Rioja schmeckte vorzüglich und rundete das nicht minder hervorragende Essen von Angie optimal ab. Nachdem wir uns einen Gewürztraminertrester gegönnt hatten und der

Espresso auf dem Tisch stand, begann auch das Fußballspiel auf dem »Betze«. Nach dem letzten Ausbau war die vorher schon imposante Arena noch furchterregender. In der laufenden Saison hatten unsere Jungs noch keinen Punkt bei einem Heimspiel verloren, und auch dieses Spiel begann viel versprechend. Nach einer halben Stunde konnten wir uns beruhigt aufs Sofa fläzen, denn Klose hatte bereits zweimal getroffen und sein Trefferkonto auf 18 Tore erhöht. Kurz vor dem Seitenwechsel griff Koch daneben, und Barbarez konnte auf 1:2 verkürzen.

In der Halbzeit erklärte ich Angie, dass ich nach dem Spiel sofort zum *Alten Kaufhaus* müsse, um mich mit Sarah zu treffen.

Ihre Augen trafen mich wie der rechte Hammer von Basler. »Apothekerinnen, Sängerinnen, diese und jene! Wir waren heute Abend zum Essen verabredet. Ich habe mich darauf eingestellt, dass du heute hier bleibst.«

Ich fragte sie, was diese ständigen Anfälle zu bedeuten hätten. Zum einen wolle sie selbst überhaupt nichts von mir und zum anderen sei mein Gespräch mit Sarah rein geschäftlicher Natur. Wenn sie aber die Absicht habe, mich zu verführen und mir eine wilde Nacht zu bieten, dann könne ich das Gespräch auch auf morgen verlegen. Der direkte Angriff saß. Ein wenig verlegen gab sie klein bei und erklärte, sie fühle sich nicht besonders und wolle heute nicht alleine sein. Ich versprach, nach meinem Gespräch wieder zu ihr zu kommen und die Nacht bei ihr zu verbringen. Angie war zufrieden gestellt, und in diesem Moment glich der HSV das wieder angepfiffene Spiel aus. Fünf Minuten vor dem Abpfiff gelang den Hanseaten sogar der Siegtreffer. Bayern gewann in Leverkusen und die Saison war wieder spannend.

Gegen halb elf betrat ich frustriert das *Alte Kaufhaus*. Kaiserslautern hatte verloren, das Wochenende war, rein sportlich gesehen, gelaufen. Mit den vergeigten Chancen vorm geistigen Auge wühlte ich mich durch die ausgelassene Menge. Sarah begeisterte das Publikum mit ihrer genialen Stimme, ihre Band spielte fantastischen Jazz. Ich kaufte mir eine Rieslingschorle und genoss das völlig verschwitzte Energiebündel auf der Bühne. Nach einer Stunde und zwei Zugaben war die Veranstaltung beendet. Ich ging hinter die Bühne.

Sarah ist nicht auf Anhieb der Typ Frau, auf den ich anspringen würde. Doch mit ihrer koketten unkomplizierten Art ist sie jederzeit in der Lage, mich zu verwirren. Sie ist Mitte dreißig, sieht jedoch aus wie Mitte zwanzig. Sehr groß ist sie jedoch nicht. Ihr Haarschopf endet kurz unter meinem Kinn, sie trägt kurzes, braunes Haar und hat, wenn sie gut gelaunt ist, einen Gesichtsausdruck, als habe sie gerade einen genialen Lausbubenstreich ausgeheckt. Hingegen, wenn sie schlechte Laune hatte, war es ratsam, einen großen Bogen um sie zu machen, denn dann verspritzte sie mit Vorliebe kübelweise Gift. Glücklicherweise konnte ich ihre Launen schon auf einige Entfernung riechen. Wir pflegten seit langem eine vertraute Freundschaft, und wenn ich Probleme habe, ist sie in Landau meine erste Adresse. Sie ist nicht minder gut über die Vorgänge in der Stadt informiert wie Katja. Gehen in Katjas Apotheke die wichtigsten Leute aus und ein, so kennt

Sarah die meisten Söhne der Landauer Honoratioren, da diese ihr reihenweise den Hof machen. Meist vergeblich.

Sie war gerade dabei, sich umzuziehen, begrüßte mich mit einem verschmitzten »Hallo Süßer« und gab mir zu verstehen, dass sie gleich fertig sei. Zehn Minuten später waren wir auf dem Weg ins *Café am Markt* und ich schilderte ihr unterwegs mein Anliegen.

Sie hörte geduldig zu, und als wir unseren Espresso mit Grappa bestellt hatten, hatte sie meinen Plan durchschaut.

»Du brauchst also nur noch ein paar entlarvende Fotos von den Turteltauben? Das sollte kein Problem sein, auch wenn du weißt, dass ich nicht unbedingt einverstanden bin mit deinem Job. Wingerter ist doch der typische Fall, bei dem man versteht, warum die Frau sich einen Liebhaber sucht.«

Sie fuhr fort, dass Maierbach lange hinter ihr selbst her gewesen war, aber absolut keine Chance gehabt hätte. Seine Penetranz sei mit der Zeit unerträglich geworden.

»Noch heute probiert er mich anzugraben.«

Im Hintergrund sangen die Stones »You can't always get what You want«. Sie gab mir den Hinweis, dass am nächsten Tag in Mannheim ein exquisites Jazzkonzert stattfinde, das Maierbach sich bestimmt nicht entgehen lassen würde. Sarah war der Ansicht, dies sei eine gute Gelegenheit, um sich mit einer Geliebten zu treffen.

»Ich habe zwei Karten und meine geplante Begleitung hat mir heute abgesagt. Den Umständen entsprechend wäre ich bereit, dich mitzunehmen. Du musst ja auch von etwas leben.«

Besser konnte es kaum laufen. Somit hatte ich den ganzen Samstag zur freien Verfügung. Wenn alle meine Fälle so einfach gewesen wären, hätte ich heute schon eine Bar in der Karibik. Sarah traf noch einige Freunde, und ich begab mich zu meinem Auto und fuhr zu Angie.

Samstag, 29. Mai

Den Morgen ließ ich gemächlich angehen. Gegen elf war ich bereit, das Bett zu verlassen. Angie machte einen starken Kaffee, und wir frühstückten gemütlich. Ich erzählte ihr, dass ich am Abend wahrscheinlich meine Bilder schießen könne und am Sonntag der Fall erledigt wäre. Ich bat sie montags ins Büro zu kommen und fasste den Entschluss, noch einige Dinge in der Stadt zu erledigen.

Ich schlenderte über den Wochenmarkt. Den gelösten Auftrag vor Augen hoffte ich, am Sonntagabend gemütlich kochen zu können. Ich genoss die südländische Atmosphäre, die der Markt und sein Treiben ausstrahlten. Der Samstag auf dem Markt ist ein Sehen und Gesehenwerden. Hier ein Small Talk, da eine kleine geschäftliche Unterhaltung. Keine Hektik, alles in allem die gelebte Entdeckung der Langsamkeit. Ich kaufte ein frisches Baguette und begann zu überlegen, was ich eigentlich kochen und wen ich zum Essen einladen könnte. Ich entschied mich für Makkaroniauflauf und Sarah. Ich besorgte schmackhafte pfälzische Tomaten, grüne Bohnen, frische Champignons, die nicht in Holland genmanipuliert worden waren, Knoblauch, Zitronen und Eier. Danach schlenderte ich zu Antonios italienischem Spezialitätenladen, um die weiteren Zutaten zu erstehen. Antonio lebt schon über dreißig Jahre in Landau und ich genieße immer, wenn ich ihn treffe, sein Pfälzisch mit italienischem Akzent. Nach einem kurzen Streitgespräch über die Qualität sizilianischer Rotweine orderte ich noch Makkaroni und Parmesan. Antonio belehrte mich, dass Parmesan für meinen geplanten Zweck leicht hart und bitter werde und empfahl mir, Appenzeller zu verwenden. Ich folgte seinem guten Rat und kaufte zum Abschluss noch zwei Flaschen Soave und einige Scheiben Kalbsleber.

In meiner kleinen, unorthodox eingerichteten Wohnung sah es aus, als ob der Blitz eingeschlagen hätte. Der heutige Tag war wie geschaffen, Ordnung in die Bude zu bringen. Doch zuerst wollte ich noch zu meinem »Local Dealer«, um mich über die neusten Entwicklungen auf dem Musikmarkt zu erkundigen.

Edgar kannte meinen Geschmack aus dem Effeff und ich musste bei ihm nicht lange nach ansprechenden CDs suchen. Wir ließen das FCK-Spiel des Vorabends, das er live gesehen hatte, noch einmal Revue passieren. Dann führten wir unser übliches Gespräch über unsere unglaublich »coole« Einstellung zu den neuesten Musiktrends. Seit einigen Wochen hatte ich eine neue Komponente in diese Diskussion eingeführt. Ich erklärte ihm, dass die jungen Leute uns endlich erwischt haben.

»Rap hat uns noch gefallen, Hip-Hop war ein wenig gewöhnungsbedürftig, Techno verursacht zwar Herzrhythmusstörungen, doch auch das haben wir noch akzeptiert. Jetzt aber hören die Kids wieder Schlager. Das ist nicht zu tolerieren, denn sie drehen unseren eigenen Generationskonflikt einfach um.«

Edgar pflichtete mir bei und präsentierte mir die Neuheiten. Die Stones, Van Morrison und Clapton hatten wieder einmal viel versprechende Alben eingespielt. Ich kaufte alle drei und die neueste CD von Oasis, damit die aktuellen Trends nicht spurlos an mir vorbeigingen. Jetzt hatte ich genügend neue Musik als Hintergrundgeräusch beim Aufräumen.

Meine Putzorgie zog sich etwa eine Stunde hin, ich machte mir dabei Gedanken, wie ich am geschicktesten und vor allem am unauffälligsten meine Bilder schießen sollte. Ich entschied mich für die Pressefotografennummer. Dann begab ich mich in mein Büro, um den Fotoapparat und meinen alten Presseausweis zu holen. Anschließend holte ich Sarah ab, die sich verführerisch gestylt hatte. Auf der Fahrt nach Mannheim erklärte ich ihr, dass ich als Pressefotograf auftauchen werde. Kurz vor acht Uhr erreichten wir die Alte Feuerwache, wo das Konzert stattfand. Ich heftete mir meine Pressekarte ans Revers und hängte den Fotoapparat um. Sarah war in der Jazzszene bekannt wie ein bunter Hund, und dass sie in Pressebegleitung auftauchte, war nichts Außergewöhnliches. Problemlos bekamen wir die besten Plätze mit einem guten Überblick auf Publikum und Bühne.

Sofort entdeckte ich Maierbach, leger in Jeans und T-Shirt gekleidet. Von Julia Wingerter keine Spur. Der Laden war bis zum Anschlag gefüllt und leicht abgedunkelt. An den kleinen Bartischen war kein Sitzplatz mehr zu finden. Der lange Tresen war wegen der vielen Menschen gar nicht zu erkennen Im Raum war es schwülheiß, noch bevor überhaupt ein Ton gespielt war. Das Konzert begann um neun. Ich behielt Maierbach im Auge und nebenbei schoss ich einige Bilder, um später keine Aufmerksamkeit zu erregen. Als Julia Wingerter den Raum betrat, kniff ich Sarah wohlwollend in die Seite.

»Mit deinem Instinkt könntest du eine hervorragende Partnerin abgeben.«

Sarah sagte nichts, lächelte aber vielsagend. Julia Wingerter sah aus wie das blühende Leben. Volles, langes blondes Haar, eine fotomodellgleiche 90-65-90er-Figur und wohlgeformte, weiche Gesichtszüge mit einem ansteckenden Lächeln auf den Lippen. Man sah ihr ihre Verliebtheit förmlich an. Sie trug schwarze, eng anliegende Jeans, eine weiße Bluse – ohne BH –, flache schwarze Schuhe ohne Strümpfe und um ihren Hals ein dezentes Goldkettchen, das allerdings nicht die geringste Chance hatte, von den tollen Formen darunter abzulenken. Das Konzert begann. Wie ein Besessener schoss ich Fotos. Manchmal hatte ich den Eindruck, der liebestolle Dozent fresse die Wingerter förmlich auf. Es wunderte mich, dass Maierbach Julia nicht vor der Bühne vögelte. Meine Bilder waren eindeutig. Eng umschlungen verließen die beiden noch vor der Zugabe den Raum. Sarah und ich blieben bis zum Schluss, denn nicht nur meine Bilder waren gelungen, auch das Konzert war großartig. Ohne Verzögerung fuhren wir nach der Veranstaltung nach Landau zurück. Ich musste ja noch in der Nacht die Negative entwickeln. Als Sarah mir beim Abschied mitteilte, dass sie morgen schon verabredet sei und anschließend drei Wochen auf Tournee gehe, dachte ich nur noch an die Kalbsleber, die mir vergammeln würde. Vielleicht sollte ich meine Einladungen frühzeitiger aussprechen.

Als ich die entlarvenden Bilder entwickelt hatte, konnte ich noch nicht wissen, wie wertlos meine erfolgreiche und schnelle Ermittlung am nächsten Tag sein sollte.

Sonntag, 30. Mai

Das große Tor zum Weingut Wingerter stand weit offen, als ich gegen halb elf den Aussiedlerhof in unmittelbarer Nähe der Deutschen Weinstraße erreichte. Das Gut war an Gigantomanie nicht zu übertreffen. Eine große Villa in mediterranem Landhausstil, zwei riesige Lagerhallen, ein schmucker Pavillon zur Bewirtung vorbeifahrender Touristen und zusätzlich eine Weinprobierstube für größere Gesellschaften. Wie mit Wingerter verabredet, steuerte ich die Weinstube an. Sie war verschlossen. Als ich zur Villa gehen wollte, vor der das Cabrio von Julia parkte, bemerkte ich, dass die Tür zur größeren Halle offen stand. Intuitiv betrat ich das Gebäude, in dem riesige Stahltanks Wingerters Weine beherbergten. Kein Mensch war zu sehen. Ich ging in einen weiteren Trakt, wo zig Rüttelpulte für den Winzersekt und einige Barriquefässer standen.

Wingerters massiger Körper lag unter einem Fass, in dem eine trockene Spätburgunder Spätlese lagerte. Der Hahn war undicht. Die Tropfen des Spätburgunders vermischten sich auf Wingerters Hinterkopf mit seinem Blut und ergaben auf dem Boden eine Lache, die die Farbe von Dunkelfelder annahm. In der Pfütze lagen die Scherben einer schweren Bordeauxflasche. Jetzt keine Panik und genau nachdenken, was zu tun ist, dachte ich mir. Wingerter lag mit einer klaffenden Wunde im Schläfenbereich vor meinen Füßen. Ich verabschiedete mich gedanklich von meiner Erfolgsprämie. Ich legte die Bilder, die ich bereits in der Hand hatte, auf das Fass und prüfte unnötigerweise den Puls von Wingerter. Die Südpfalz hatte offensichtlich einen Winzer, Bürgermeister und Sportvereinsvorsitzenden verloren. Ich ließ alles so, wie ich es vorfand, und rannte zum Auto, um mit dem Handy die Polizei zu verständigen. Nachdem der Beamte meine Personalien aufgenommen hatte und mir ausdrücklich verbot, den Tatort zu verlassen, teilte er mir mit, dass die Kollegen der Mordkommission aus Landau schnellstmöglich vor Ort sein würden. Ich steckte mir eine Zigarette an und zog den Rauch in den letzten Winkel meiner Lunge. Eine Leiche in Spätburgunder ohne Frühstück, das war doch etwas viel für einen Sonntagvormittag. Auf dem Hof war alles ruhig. In der Ferne schlug die Kirchturmglocke von Burrweiler elfmal. Es war klares, sonniges Wetter. Der Pfälzerwald bot sich für einen Sonntagsspaziergang an. Ich rauchte eine zweite Gauloises. Mein Auftrag hatte ein außergewöhnliches Ende genommen.

Mit quietschenden Reifen hielten zwei Streifenwagen und ein Rettungswagen neben meinem Citroën. Ein eifriger Beamter stürzte auf mich zu und wollte wissen, ob ich Philipp Sturm sei. Ich bestätigte seine hektische Anfrage, um ihm gleich darauf zu beschreiben, wo die Leiche lag. Der Notarzt und einige Polizisten stürmten in die Lagerhalle. Eher gemächlich schritt Kommissar Becker von der Landauer Mordkommission in meine Richtung. Becker ist das, was sich der gewöhnliche Kinobesucher unter einem unsympathischen Polizisten vorstellt. Glatze, abstehende Ohren, kleine, bösartig funkelnde Augen ohne Augenbrauen, eine gedrungene Figur, die in einen

Trenchcoat eingehüllt war, der von der letzten Altkleidersammlung hätte stammen können. Wir kannten uns nur flüchtig, da Mord nicht mein Geschäft war. Trotzdem bemerkte ich gleich seine Abneigung mir gegenüber.

»Sturm, der Rächer der Gehörnten, wenn ich nicht irre? Was haben Sie hier zu schaffen? Wollten Sie Ihren Weinkeller auffüllen?«

Bevor ich eine Antwort geben konnte, übergab ihm sein junger, dynamischer Kollege meine Bilder, die ich auf dem Fass hatte liegen lassen.

»Der Schnüffler hat den Fall schon gelöst. Hier sind eindeutige Indizien für ein Tatmotiv.«

Becker begutachtete die Bilder und lobte ihre gute Qualität. »Wir sollten vielleicht Frau Wingerter darauf ansprechen.«

Im Wohnhaus hatte sich noch nichts bewegt. Becker klingelte und nach einer geraumen Zeit stand Julia Wingerter in einem figurversteckenden Morgenmantel vor ihm. Ihr Gesicht war gezeichnet, die weichen Gesichtszüge leicht geschwollen, die reizvolle Anmut der vergangenen Nacht verschwunden.

»Guten Tag, Frau Wingerter, wissen Sie, wo Ihr Mann ist?«

Sie schaute Becker verstört an und erklärte, dass sie bis gerade eben geschlafen habe. Wo ihr Mann sei, könne sie nicht sagen, da sie im Gästezimmer im Keller übernachtet habe. Becker hielt ihr die Bilder unter die Nase.

»Ihr Mann liegt mit eingeschlagenem Schädel in der Halle. Bevor Sie ihn erwischt haben, hat er Ihnen wohl einige handfeste Komplimente gemacht?«

Julia hielt die Bilder in der Hand und begann zu weinen.

Ich stand zwei Meter hinter Becker und begann langsam zu realisieren, was hier vorging. Meine Bilder belasteten Julia Wingerter. Sie hingegen schaute wie ein scheues Reh und schien alles nicht so recht zu verstehen. Ich ging zwei Schritte nach vorne.

»Lassen Sie mal die Kirche im Dorf. Sehen Sie nicht, dass Frau Wingerter völlig neben der Spur ist? Sie haben den Takt eines hinkenden Nilpferds.«

Zu Julia Wingerter gewandt regte ich an, sie solle ihren Anwalt verständigen. Becker fuhr mich an, ich solle meine Schnauze halten. Ich verbat mir den Ton und drückte Julia mein Handy in die Hand. Jetzt verstand sie. Sie wählte eine Nummer, schluchzte einige Worte in den Äther und gab mir wortlos das Gerät zurück. Aus ihren verweinten Augen blickte sie Becker an und teilte ihm mit, dass ihr Anwalt, der bekannte Strafverteidiger Schlickenried, gleich hier sein werde und sie bis dahin kein Wort mehr sage. Becker musste akzeptieren.

Der Notarzt trat zum Kommissar und erklärte ihm, dass der Tod Wingerters zwischen acht und zehn Uhr morgens durch einen Schlag mit einem stumpfen Gegenstand auf die Schläfe eingetreten sei. Scheinbar traf ihn der Schlag völlig unerwartet, denn es seien keine Spuren eines Kampfes festzustellen. Becker drehte sich zu mir um.

»Machen Sie bei meinem Kollegen Ihre Angaben und verschwinden Sie dann schleunigst von hier. Ich werde mich in den nächsten Tagen mit Ihnen in Verbindung setzen. Verlassen Sie die Stadt nicht.«

Ich folgte den barschen, bestimmten Anweisungen des Kriminalbeamten. Bevor ich mich zum Streifenwagen begab, drehte ich mich nochmals zu Julia Wingerter um und nuschelte: »Entschuldigung.«

Sie blickte mich verständnislos an, als ich mich umdrehte, um zu meinem Auto zu gehen. Ich stieg ein und fuhr direkt nach Hause.

Benebelt von einer halben Flasche Pfälzer Weinbrand schaute ich mir einen Piratenfilm mit Errol Flynn an. Die Angelegenheit hatte mir doch mehr zugesetzt, als ich zuerst dachte. Was als normale Ermittlung begann, endete mit einem Mord, und ich lieferte die nötigen Motive. Ich sah schon die Schlagzeilen in den morgigen Zeitungen. *»Attraktive Ehefrau betrügt reichen Winzer. Um mit ihrem Liebhaber ein schönes Leben führen zu können, erschlägt die Alleinerbin ihren Mann. Detektiv Sturm vereitelt zufällig den Plan. Die Polizei stellt ihre Ermittlungen ein.«* Alles viel zu einfach, dachte ich mir, als es an meiner Haustür klingelte. Ich wankte zur Tür und öffnete.

»Gestatten, Dr. Schlickenried, ich bin der Anwalt von Julia Wingerter.«

Ich stierte ihn fragend an. Er hielt seine Hand vor die Nase und wollte wissen, ob ich aufnahmefähig sei. Ich bat ihn herein.

Dr. Schlickenried war weithin der erfolgreichste Advokat der Stadt. In seinem grauen Maßanzug mit den handgefertigten italienischen Schuhen wirkte er sofort respekteinflößend, aber auch ein wenig arrogant. Das längliche, glatt rasierte Gesicht mit kalten, stahlblauen Augen erinnerte an einen Habicht, der gerade seine Beute erspähte. Seine Figur war hager und machte einen ungelenken Eindruck. Seine dünnen, blutleeren Lippen bewegten sich kaum, als er mich ansprach.

»Wir wollen gar nicht erst um den heißen Brei herumreden. Sie haben doch die belastenden Fotos von meiner Mandantin mit dem Dozenten Maierbach geschossen?«

Ich nickte.

»Gute Arbeit, wie lange waren Sie meiner Mandantin schon auf der Spur?«

Ich nannte ihm den Zeitraum.

»Leicht verdientes Geld«, sagte er anerkennend.

Ich schob kurz ein, dass meine Rechnung noch nicht beglichen sei, da mir eine Bordeauxflasche dazwischengekommen wäre. Schlickenried ignorierte meine Bemerkung.

»Durch Ihre Bilder ist Julia Wingerter die Hauptverdächtige. Die Polizei interessiert sich überhaupt nicht für andere Theorien. Selbst Maierbach kommt nicht in Frage, da dieser heute Morgen um sechs Uhr bereits zu einem Kongress nach München gefahren ist.«

Ich schaute ihn erwartungsvoll an.

»Um es gleich klarzustellen, Julia Wingerter hat ihren Mann nicht erschlagen. Sie fuhr gestern Abend nach dem Konzert, dem sie ja auch beigewohnt haben, gleich nach Hause zurück, ohne vorher ein Schäferstündchen gehabt zu haben. Als sie dort ankam, erwartete sie ihr Mann bereits, um sich mit ihr zu unterhalten. Die Ergebnisse der Unterhaltung haben Sie heute Vormittag deutlich sehen können.«

Da ich zu nichts anderem in der Lage war, nickte ich ein zweites Mal.

»Sie hat sich dann im Gästezimmer einschließen können und verließ es erst, als die Kriminalpolizei an der Haustür klingelte. Den Rest kennen Sie.«

Ich machte bestimmt den Eindruck eines Plastikdackels auf der Heckablage einer Familienlimousine direkt neben dem eingehäkelten Klopapier.

»Hören Sie auf, so belämmert zu nicken, Herr Sturm!«

Ich versuchte, mich nicht mehr zu bewegen.

»Frau Wingerter ist zwar nicht begeistert von Ihren Aufnahmen, nichtsdestotrotz ist sie von Ihrer Entlarvung beeindruckt. Ich selbst wäre nicht auf die Idee gekommen, Sie zu engagieren, da ich von Ihrem Berufsstand nichts halte.«

Er schaute mich abwertend an.

»Trotz der Schwierigkeiten, in die Sie meine Mandantin gestürzt haben, müssen Sie Eindruck bei ihr hinterlassen haben. Nachdem Becker sie vernommen und er ihr die Hintergründe der Fotogeschichte erklärt hatte, war sie zunächst nicht gerade begeistert. Als die Polizei aus dem Haus war und ihr klar wurde, in welcher Lage sie sich befindet, beauftragte sie mich, mit Ihnen zu sprechen und Sie zu bitten, den Mörder von Hanno Wingerter zu finden. Sie sollen den Rest Ihres Geldes für den abgeschlossenen Fall erhalten und weitere 5000 Euro im Voraus.«

Schlickenried schob mir einen Umschlag über den Tisch. Ich schaute ungläubig.

»Julia Wingerter hat anscheinend Vertrauen zu Ihnen.«

»Herr Dr. Schlickenried, ich bin wohl in der Lage, Ehebrecher ausfindig zu machen, doch Mord ist eine Nummer zu groß für mich. Das ist alleine Sache der Polizei.«

Der Rechtsverdreher ignorierte meinen Einwand.

»Für die Polizei ist die Sache erledigt. Meine Mandantin erhält ein Millionenerbe und hatte allen Grund, ihren Mann zu töten. Zudem hat sie kein Alibi.«

Ich lehnte mich in meinen Stuhl zurück und schob meinen Zeigefinger über die Stirn. Eigentlich war dies eine gute Chance, mein schlechtes Gewissen zu beruhigen. Ich blickte dem Anwalt in seine kalten Augen.

»Okay, ich werde den Fall übernehmen und mein Bestes tun. Haben Sie irgendwelche Anhaltspunkte für mich?«

»Es gibt einen Punkt, dem Sie nachgehen sollten. Wingerter stand im Verdacht, dass er seine Weine mit künstlichen Aromen verbessert. Sie haben es vielleicht gelesen? Meine Mandantin war in die Geschäfte ihres Mannes nicht eingeweiht, doch sie ist der Ansicht, dass hier der Schlüssel zu der Tat gefunden werden könnte, da vor kurzem die Staatsanwaltschaft einige Weinproben zur Analyse abholte. Weiter kann ich Ihnen jedoch nicht helfen. Es liegt jetzt an Ihrem Spürsinn. Sie können morgen mit meiner Mandantin sprechen. Sie wurde zwar nicht in Haft genommen, darf ihr Haus aber auch nicht verlassen. Ein Beamter wurde bei ihr zur Sicherheit einquartiert.«

Ich begleitete Schlickenried zur Tür und versicherte ihm, dass ich mich morgen auf dem Weingut einfinden würde.

Als ich die Tür hinter ihm geschlossen hatte, griff ich sofort zum Telefon und wählte die Nummer von HG. In

Edenkoben war *Owwergässer Winzerfest* und ich hatte die Absicht, mich dort mit ihm zu treffen. HG freute sich, dass ich mich wieder einmal an ihn erinnerte, und als verschrobener Junggeselle hatte er am heutigen Abend noch nichts Bestimmtes vor. Ich schilderte ihm meinen Tag und fragte ihn, ob er mich wegen meines fortgeschrittenen Weinbrandkonsums abholen könne. Er fand die ganze Geschichte äußerst interessant und war selbstredend bereit, bei mir vorbeizukommen. Ich erklärte ihm, dass ich zuvor eine kalte Dusche benötigen würde und er mich in einer Stunde abholen solle. Er zeigte Verständnis für die kurze Verzögerung.

Das kalte Wasser brachte meine Sinne wieder auf Touren. Ich ließ den Tag noch einmal Revue passieren. Hanno Wingerter war tot, Julia Wingerter, dank mir, verdächtig, und ich sollte den gordischen Knoten lösen. So weit, so gut. Mein mit Katja gedachter Kurzurlaub war passé, meine für Sarah gemünzte Kalbsleber sollte im Kühlschrank ein neues Eigenleben beginnen. Oje, die Kalbsleber, noch konnte ich sie einfrieren. Ich putzte meine Zähne, zog mich an und fror die Leber ein.

Als HG vor der Tür stand, war ich fast wieder ein neuer Mensch. Ich kannte HG schon seit vielen Jahren. Wir hatten zusammen unser Abitur gemacht und bewegten uns seither in derselben Clique. Er war das, was man einen guten alten Freund nennt. Trotz seiner nachlassenden Haarpracht war er ein sportlicher, ansehnlicher Mann, der zudem einen gut dotierten Job hatte. Deshalb war es für mich schon immer unverständlich, dass er mit der holden Weiblichkeit seine Probleme hatte. Bei den

Damen verebbte gewöhnlich seine Eloquenz, vor allem dann, wenn er es mit großen Frauen zu tun hatte. Bei seiner Körpergröße kam diese Konstellation relativ oft vor. Doch ich hatte die Theorie, dass er, wenn er die richtige Frau treffe, endlich aus sich herausgehen könne. Er lud mich in seinen Wagen, und während wir nach Edenkoben fuhren, beschrieb ich ihm die Details. Meine Ausführungen dauerten bis zum ersten Schoppen. Untypischerweise setzten wir uns an einen Tisch. Bei Weinfesten setzt man sich nicht, ist eine meiner eisernen Regeln. Doch besondere Umstände erfordern besondere Maßnahmen. HG machte ein nachdenkliches Gesicht.

»Tatsächlich untersuche ich gerade Weine auf Aromen. Tatsächlich gibt es positiv analysierte Proben von Wingerter. Was an der Pressemeldung nicht ganz stimmt, ist, dass wir wissen, wer das Zeug geliefert hat. Ich kann dir nur sagen, dass die Panscherei bereits üble Folgen hat. Wingerter hat die Brühe an den Betreiber der Gaststätte im Fritz-Walter-Stadion verhökert, einen Weinkommissionär getäuscht und bei einigen seiner Kollegen für großen Unmut gesorgt. Ich glaube, du hast einen prekären Fall vor dir, um den ich dich nicht beneide.«

Die Anhaltspunkte erschienen mir viel versprechend, und ich fragte meinen alten Chemikerfreund, was daran prekär sei.

»Ich darf die Ergebnisse meiner Analyse nicht veröffentlichen. Dienstanweisung von meinen Vorgesetzten. Ich habe es so verstanden – die kleinen Fische werfen wir der Presse vor, den Haifisch behalten wir jedoch im Aquarium.«

Ich kam ins Grübeln und wollte die Hintergründe wissen.

»Ein forscher junger Staatsanwalt hatte nach Eingang eindeutiger Hinweise Proben bei Wingerter eingeholt. Der Staatsanwalt wurde mittlerweile nach Hamburg versetzt und ich bekam die besagten Anweisungen, nachdem ich die Fruchtaromen nachgewiesen hatte. Hier scheinen andere Kräfte am Werk zu sein. Die Öffentlichkeit wird auf alle Fälle vom Fortgang der Ermittlungen nichts erfahren. Jetzt, wo Wingerter tot ist, sowieso nicht.«

Er erklärte mir, dass die Proben aus Wingerters Keller mittlerweile nicht mehr in seinem Labor seien.

»Wingerter ist quasi nichts mehr nachzuweisen.«

Ich kam ins Rudern.

»Sag mir mal, wie die offensichtlich Betrogenen auf diese Art von Ermittlung reagieren.«

HG lehnte sich zurück.

»Die Anzeigen sind zurückgezogen worden. Wingerter ist wieder ein unbeschriebenes Blatt.«

Ich wollte nicht glauben, was mir da zu Ohren kam.

»Kannst du mir die Namen nennen?«

HG schüttelte den Kopf.

»Den Teufel werde ich tun, ich will meinen Job behalten. Weißt du eigentlich, wie schwer es ist, als Chemiker eine angemessen bezahlte Arbeit zu erhalten?«

Ich bat ihn unter Freunden, mir wenigstens einen Tipp zu geben. Er drehte sich suchend um, als ob uns die Camorra selbst beschatten würde. Dann flüsterte er mir vorsichtig zu. »Der Kommissionär stammt aus Böchingen. Dort gibt es nur einen. Die Anzeige aus Kaiserslautern wurde von einem Vorstandsmitglied aus der Gegend zurückgezogen. Die Winzer wirst du mit deinen Beziehungen selbst herausbekommen.«

Ich ließ es für den Moment gut sein. Seine Andeutungen machten mir den Anfang meiner Ermittlungen doch etwas leichter. Wir beschlossen, über die alten Tage zu reden und noch einige Rieslingschorle zu kippen.

Ich schlenderte zum Tresen. Neben mir bestellte eine gut aussehende junge Frau in hartem Hochdeutsch eine Schorle. Ich beobachtete gelangweilt die Situation.

»Eine saure Rieslingschorle, bitte.«

Der schon sichtlich angeschlagene Winzer hinterm Tresen füllte einen Schoppen bis zwei Fingerbreit unter die Eichmarke mit Wein. Dann spritzte er das Ganze mit etwas Mineralwasser ab. Die junge Frau wurde blass. Ich schmunzelte. Der rustikale Barkeeper schaute sie fragend an.

»Zu viel Wasser?«

Jetzt hatte ich den Eindruck, sie brauche sofort ein Riechfläschchen. Geradezu apathisch bezahlte sie. Nun konnte ich mich nicht mehr halten und begann herzhaft zu lachen. Meine gute Laune weckte sie aus ihrer Apathie. Sie schaute mich an, ohne zu wissen, ob sie nun böse sein oder mitlachen sollte. Sie entschied sich für ein Mittelding.

»Ich weiß nicht, was es hier zu lachen gibt. Ihr Pfälzer seid wohl ein notorisches Trinkervolk. Die Reben wachsen auf jedem freien Fleck, den Wein bekommt man in Tulpenvasen, und Mineralwasser ist anscheinend so kostbar wie in der Wüste Gobi!«

Ich machte ein ernstes Gesicht.

»Das mit dem Trinkervolk habe ich überhört. Aber die beste Schorle ist halb Riesling, halb Wein.«

Sie schien sichtlich verunsichert.

»Sind sie alleine in dieser barbarischen Gegend Deutschlands ausgesetzt worden?«

Jetzt lächelte sie. Sie erklärte mir, dass sie ihre Bekannten in dem ganzen Trubel verloren habe und aus lauter Not etwas trinken wolle. Ich machte ihr verständlich, dass das alles kein Problem sei. Zum einen werde sie ihre Leute nicht finden, wenn sie auf dem Fest herumrennen, zum anderen sei bei uns noch ein Platz frei und wir könnten gemeinsam auf ihre Freunde warten, die bestimmt wieder hier vorbeikämen. Einsichtig stimmte sie mir zu.

Als ich mit einer Frau zurück an den Tisch kam, begannen HGs Augen zu leuchten. So kannte ich den Jungen überhaupt nicht. Gewöhnlich nimmt er doch Reißaus, wenn sich ihm ein weibliches Geschöpf auf mehr als einen Meter nähert. Waren das der Moment und die Frau, die ihn zum Schmelzen brachten? War das die Situation, die ich bereits seit Jahren erahnte? Vielleicht fühlte er sich auch sicher in meiner Gegenwart? Das Auftreten der jungen Dame hat auch mich ziemlich beeindruckt. Ihre überraschte, fast schockierte Reaktion auf den Winzer und ihre schlagfertige Reaktion mir gegenüber hatten schon Stil. Zudem sah sie wirklich nicht schlecht aus und war als Typ HGs Kragenweite. Auf alle Fälle wirkte sie auf ihn. Den Rest der Zeit kam ich überhaupt nicht mehr zu Wort. Es gab kein Thema, das die beiden ausließen. Wie ich mitbekam, war Sonja, so lautete ihr Name, aus Hannover und für ein paar Tage zu Besuch in der Pfalz. Ihre Freunde tauchten nicht mehr auf. Als die attraktive Erscheinung für einige Minuten verschwand, drückte mir HG zwanzig Euro in die Hand.

»Nimm dir ein Taxi und troll dich.«

Ich war völlig perplex, ob dieser völligen Hemmungslosigkeit meines alten Freundes. Fast stotterte ich.

»Ich werde dich in den nächsten Tagen kontaktieren und dir meine Fortschritte mitteilen.«

Sonja kam zurück. Ich erläuterte ihr, dass einer meiner Lieblingsspielfilme im Fernsehen komme und ich deshalb gehen müsse. Zu Hause angekommen fiel ich völlig erschöpft ins Bett. Es sollte vorerst meine letzte Erholung gewesen sein.

Montag, 31. Mai

Da ich, dank HGs plötzlich erwachter Libido, recht frühzeitig in die Federn kam, wachte ich schon gegen sieben Uhr auf. Ich drehte mich noch fünfmal um, bevor ich das warme Bett verließ. Der Tag gehörte nun mir. Ich erinnerte mich daran, dass Angie gegen neun in meinem Büro auftauchen würde. Also war es an der Zeit, in die Gänge zu kommen. Ich brühte mir zwei Tassen Kaffee auf, die ich schwarz und heiß austrank, putzte mir die Zähne, zog mich an und verließ die Wohnung. Es war ein heller Morgen, der den nahen Sommer gebührend ankündigte. Ich beschloss, ins Büro zu gehen, um die herrliche Luft zu genießen. Vorbei an den blühenden Stauden vor der Parkanlage am Fort und dem Landauer Zoo lief ich zügig Richtung Fußgängerzone, um dann zum *Kleinen Platz* abzubiegen, wo sich mein Büro befand. Der Briefkasten war noch leer, Angie noch nicht da. Im Büro setzte ich nochmals Kaffee auf und musste feststellen, dass kein Schwein auf meinen Anrufbeantworter gesprochen hatte. Ich setzte mich hinter meinen schweren Eichenholzschreibtisch, als ich Angies Schlüssel in der Tür vernahm.

»Wunderschönen guten Morgen, Alter.«

Manchmal hatte sie eine wirklich entzückende Art und Weise, sich unbeliebt zu machen. Sie strahlte über das ganze Gesicht. Dieser Zustand kam mir gleich spanisch vor. Ich knurrte.

»Moijen, gnäd'ge Frau, wirken die Glücklichmacher von gestern Abend noch?«

Unablässig strahlend entgegnete sie: »Ich habe mich verliebt, wenn du noch weißt, was das bedeutet.«

»Das ging aber sehr schnell, wenn ich dich an Freitagabend erinnern darf.«

Sie erzählte mir, dass sie am Samstag einen schnuckeligen Knaben kennen gelernt und die ganze Nacht sowie den ganzen Sonntag mit ihm im Bett verbracht hatte. »Zuerst haben wir nur etwas getrunken, doch dann ist der Junge richtig zur Sache gegangen. Er riss mir förmlich die Kleider vom Leib und dann ...«

»Stopp, stopp, stopp!« Ich musste sie in ihren Ausführungen bremsen, denn ich war gewohnt, dass sie keine Einzelheit ausließ. Bevor sie jedoch Details verkündete, die ich an einem Montagmorgen nicht verarbeiten konnte, begann ich ihr von meinen Erlebnissen am Wochenende zu erzählen. Mit gespannter Miene hörte sie zu und schien für einige Momente ihren neuen Galan zu vergessen.

»Schade, dass du gerade jetzt einen so spannenden Fall übernehmen darfst. Übermorgen will ich mit meinem süßen Fratz für einige Tage in Urlaub fahren. Das heißt für dich, du musst erst einmal ohne meine Unterstützung auskommen.«

Sie reagierte nicht auf meine Bemerkung, dass die Betten zu Hause billiger seien als in irgendwelchen Ferienparadiesen.

»Du hast mir ja ausnahmsweise meinen Lohn für die ersten Wochen des Jahres ausgezahlt und voraussichtlich fliegen wir Stand-by in den Süden. Ich werde dir auch eine schöne Karte schreiben.«

Ich akzeptierte und wies sie an, einige neue Rechnungen zu schreiben und ausstehende Beträge anzumahnen, damit ich ihr auch noch den Rest ihres Geldes bezahlen könne. Daraufhin teilte ich ihr mit, wie ich den restlichen Tag verbringen werde. Ich hatte vor, noch am Morgen Julia Wingerter zu besuchen, um weitere Informationen über ihren erschlagenen Mann zu erhalten. Anschließend wollte ich entweder in Böchingen den Weinkommissionär aufsuchen oder einige der Winzer ausfindig machen, die mit Wingerter zu tun gehabt hatten. Angie ging zum Briefkasten, die heutigen Zeitungen holen, und in der Zwischenzeit schenkte ich uns Kaffee ein. Auf Seite eins der RHEINPFALZ war der Bericht über den Mord an Hanno Wingerter für den Lokalteil Edenkoben angekündigt. Ich schlug die entsprechende Seite auf und las die Schlagzeile: BÜRGERMEISTER WINGERTER MIT EINER WEINFLASCHE ERSCHLAGEN. Der Untertitel lautete: »Die Landauer Mordkommission geht von einer schnellen Aufklärung des Falls aus.« Der Inhalt des Berichts enthielt nichts, was mir nicht schon bekannt war, aber auch keine Verdächtigungen in Richtung Julia. Ich schlug die Zeitung zu, ohne den Sportteil auch nur anzurühren, in dem die Niederlage vom Freitag genau analysiert war.

»Angie, mein Schatz, falls wir uns morgen nicht noch sehen sollten, wünsche ich dir einen erholsamen Urlaub. Ich hoffe, du kannst noch laufen, wenn du aus dem sonnigen Süden zurückkommst.«

Sie schlug mir heftig auf den Oberarm und zischte.

»Neidhammel!«

Als ich fast schon aus dem Büro war, fiel mir ein, dass

ich zu Fuß in der Stadt war. Ich machte kehrt, ging zu Angie, nahm sie liebevoll in den Arm und schnurrte: »Liebes, würdest du mich bitte zu meinem Auto bringen, ich habe keine Lust, den ganzen Weg zurückzulaufen.«

Widerwillig fügte sie sich in das Schicksal, ein Scheusal als Chef zu haben, und brachte mich zu meiner hyperpneumatischen Franzosenschleuder.

Mittlerweile war es schon fast elf Uhr. Die Sonne hatte den weinroten DS bereits gut aufgeheizt. Ich schob eine Kassette von Led Zeppelin in den Rekorder und startete den Wagen. Das südpfälzische Panorama präsentierte sich von seiner besten Seite, als ich auf dem Weg zu Wingerters Aussiedlerhof war. Die Mittagssonne streichelte das üppige Rebenmeer, das sich idyllisch bis an die Haardt hinzieht. In der Ferne konnte man das *Hambacher Schloss* erkennen, wo sich im vorletzten Jahrhundert freiheitsliebende Deutsche versammelt hatten, um die Demokratie zu fordern. Die kleinen pfälzischen Winzerdörfer schmiegten sich an die Berge und strahlten eine gewisse Gelassenheit aus. Dieses Flair machte mir wieder einmal deutlich, dass in Deutschlands Südwesten die Uhren gemütlicher schlagen als im Rest der Republik. Ich fühlte mich wohl.

Bei Wingerters Gut angekommen, sah ich sofort das parkende Polizeiauto samt pflichtbewusstem Inhalt. Der junge Beamte im Wagen, der der gleiche war, der gestern um Becker herumschwänzelte, sah ziemlich gerädert aus. Ich klopfte an die Scheibe des Autos. Missmutig öffnete der Jüngling.

»Gut geschlafen, Junge?«

»Sie hat mich einfach auf die Straße gesetzt. Ihr sei es unangenehm, wenn fremde Männer in ihrem Haus wären, meinte sie. Es würde mir bestimmt nichts ausmachen, wenn ich im Auto schlafen würde. Sie habe nicht die Absicht, über Nacht zu flüchten.«

Ich lächelte ihn an. Sein Gesicht wurde entspannter.

»Nichts für ungut, Junge, so sind Frauen eben. Ich gehe zu ihr hinein. Sie bat mich, vorbeizukommen.« Er hatte keine Einwände und lümmelte sich in den Sitz zurück.

Julia Wingerter öffnete sofort, nachdem ich geläutet hatte. Sie blickte mich wohlwollend an. Ihr Äußeres war wieder einigermaßen hergestellt, die Schwellungen kaum noch auszumachen. Sie war barfuß und trug ein legeres, schwarzes Kleid.

»Kommen Sie herein, Herr Sturm, ich habe schon auf Sie gewartet.«

Ich ging hinter ihr her. Ihr Gang war sehr grazil, ihre Bewegungen katzenhaft, ihr Parfüm grandios. Sie ist eine schöne Frau, dachte ich mir, und dachte gleichzeitig an die Tantalusqualen der griechischen Mythologie. HG hatte sein »Coming out«, Angie war wieder einmal unsterblich verliebt, Katja musste mal wieder warten, Sarah war meine Freundin und eine Frau wie Julia Wingerter unerreichbar. Als sie mich fragte, ob ich etwas trinken wolle, machte ich, herausgerissen aus meinen unnötigen Gedanken, nur ein ziemlich dummes Gesicht. Wir setzten uns auf ihre komfortable Sitzgarnitur in ihrem weitläufigen Wohnzimmer. Das Innere des Hauses glich einem Museum. Antike Schränke, Stühle und Tische harmonierten mit postmodernen Gemälden und Klassikern pfälzischer Künstler. Die Einrichtung war alles in allem sehr exquisit. Sie schob eine Jazz-CD in die extravagante Bang&Olofsen-Stereoanlage und senkte die Lautstärke. Stan Getz! Sie hatte Geschmack, auch wenn ich noch Jimmy Page in den Ohren hatte.

»Sie haben sich wohl sehr gewundert, als Schlickenried vor Ihrer Tür stand? Mir wurde erst im Nachhinein klar, wie Sie sich bei Becker für mich einsetzten. Das hat mir imponiert. Auch Ihre Entschuldigung, die ich erst später verstand, zeugt von Einfühlsamkeit. Sie sind der Einzige, der mir aus meiner misslichen Lage heraushelfen kann. Mein Anwalt hat mich von der Unterredung bereits informiert. Wenn Sie noch Informationen brauchen, stehe ich Ihnen bereitwillig zur Verfügung.«

Die Frau hatte Format. Ihre Stimme war gefasst und entschlossen.

»Frau Wingerter, zuerst sollten wir über Ihr Privatleben sprechen, in dem ich so erfolgreich herumschnüffelte. Sie scheinen sehr verliebt zu sein, und das macht Sie natürlich verdächtig. Über die Sache mit dem Weinskandal müssen wir natürlich auch sprechen, denn dort liegt meines Erachtens der Schlüssel zu dem Mord.«

Sie schaute mich verächtlich an.

»Sie waren schon lange nicht mehr verliebt, sonst hätten sie einen schärferen Blick. Maierbach ist austauschbar, auch wenn er es nicht glauben würde. Er sieht gut aus, ist nicht dumm, aber nichtsdestotrotz austauschbar. Wenn er meint, für ihn sei der Weg jetzt frei, hat er sich getäuscht. Sagen Sie nichts, ich weiß, dass sich die Trauer um meinen Mann in Grenzen hält. Wir haben seit Jahren keine Ehe mehr geführt, nur habe ich mich nicht getraut, endgültig auszubrechen. Maierbach war nicht mein erster Liebhaber und es hätte bestimmt bessere geben können. Soviel zu meinem Privatleben.«

Ich musste schlucken.

»In Ordnung, lassen wir diese Affäre. Ich glaube Ihnen, dass Sie Ihren Mann nicht wegen dieses Affen erschlagen hätten. Kommen wir zum Wesentlichen. In welche Schweinereien war Ihr Mann wirklich verstrickt?«

Sie machte ein ernstes Gesicht.

»Hanno war ein Panscher und gleichzeitig für die Fachwelt ein Blender. Aber nicht nur für die Fachwelt, seine Profession war es, alle Menschen seiner Umgebung zu blenden. Ansonsten hätte ich ihn erst gar nicht geheiratet, doch er konnte mir durch seine Fähigkeiten die große Welt bieten, außerdem liebte ich ihn tatsächlich einmal. Über seine Geschäfte kann ich Sie leider nicht näher informieren, da er mich nie eingeweiht hat. Aber ich bin ja nicht blöde. Italienische Tankwagen mitten in der Nacht bringen bestimmt keine hochwertige Riesling Spätlese trocken oder holen eben eine solche ab.«

Ihr korrekte, abgeklärte Haltung verbarg nicht ihre Zerbrechlichkeit.

Verliebe dich bloß nicht in eine Mandantin.

»Können Sie mir sagen, mit wem Ihr Mann hauptsächlich zu tun hatte?«

Sie überlegte kurz und nannte mir einige Namen seiner Kollegen in der Winzerzunft, die sie im Laufe der Zeit mitbekommen hatte. Zwei davon konnte ich sofort von meiner inneren Liste streichen, da ich sie seit langem gut kannte. Ich wunderte mich nur darüber, dass sie mit Wingerter gut bekannt waren. Es blieben letztlich zwei Weinbauern übrig. Einer von ihnen, der sich immer noch beharrlich weigerte, Flaschenweine zu vermarkten, hatte sein Gut in Weyher. Der zweite war ebenfalls ein Durchschnittswinzer aus Frankweiler, der es besser sein lassen sollte, seine Weine abzufüllen und an ahnungslose Wochenendbesucher aus dem Badischen zu verkaufen. Obwohl, das hatte auch sein Gutes. Beide schwammen wohl nicht gerade im Geld. Ich notierte mir die Namen: Heinz Seidel und Konrad Täuscher. Schließlich wollte ich von ihr wissen, wie ihr Mann auf die Nachforschungen des jungen Staatsanwaltes reagiert hatte.

»Der Staatsanwalt machte einen sehr energischen Eindruck, als er unseren Weinkeller untersuchte. Mein Mann blieb aber während der ganzen Zeit recht gelassen. Sie müssen wissen, er hatte gute Verbindungen in der Politik und die Leute, die ihm verbunden waren, sind sehr einflussreich. Es könnte sein, dass einigen dieser Herrschaften die Untersuchungen auf unserem Gut zu gefährlich wurden. Deshalb musste Hanno vielleicht sterben.«

Ich hörte mir ihre Vermutungen aufmerksam an und ließ es dann mit weiteren Fragen zu dem Mord gut sein.

»Hat Ihr Mann Sie oft geschlagen?«

Julia schaute mich verdutzt an.

»Ich bin noch nicht soweit, dass ich Ihnen das gesamte Innenleben meiner Ehe präsentiere. Wollen Sie etwa auch wissen, welche Stellungen er im Bett bevorzugte?«

Ich schmunzelte sie an und mutmaßte, dass bei seiner Körperfülle kaum alternierende Möglichkeiten bestanden hätten. Anstatt mir gleich eine Ohrfeige zu verpassen, begann sie zu lachen.

»Sie scheinen wirklich amüsant zu sein, ich glaube, die richtige Wahl getroffen zu haben. Nein – er hat mich nicht oft geschlagen und die Frage nach den Stellungen erübrigt sich nebenbei bemerkt auch. Wenn Sie mehr über mein Leben wissen wollen, dann können wir uns gerne einmal beim Abendessen unterhalten. Ein Privatdetektiv sollte eigentlich doch wissen, mit wem er es zu tun hat.«

Das hatte ich ihr nicht zugetraut. Ich schien tatsächlich, nicht nur beruflich, Eindruck bei ihr hinterlassen zu haben. Geistesgegenwärtig machte ich den Vorschlag, dass wir uns am Abend nochmals treffen könnten, um die Unterhaltung weiterzuführen. Bei der Gelegenheit wäre es auch möglich, dass ich ihr meine Fortschritte, die ich mir noch vom heutigen Tag erhoffte, mitteilen könnte. Meine Knie versagten beinahe, als sie vorschlug, sie könne für acht Uhr einen kleinen Imbiss vorbereiten. Als sie mich zur Tür begleitete, schaute sie mir tief in die Augen und sagte mir, dass sie sich auf meinen Besuch freue. Sie sei auch neugierig, was ich zu erzählen hätte.

Das Herz schlug mir bis zum Hals, als ich die Torausfahrt hinter mir ließ. Langsam sammelte ich meine Gedanken und beschloss, nach Weyher zu fahren. Das Weingut Seidel lag mitten im Dorf. Ich stellte meinen DS auf der Hauptstraße ab. In der Hofeinfahrt arbeitete ein kleiner, unscheinbarer Mann an seinem Traktor.

»Herr Seidel?« – Der Winzling drehte sich scheu um.

»Wir verkaufen keine Flaschenweine, versuchen Sie es bei einem meiner Kollegen.«

»Ich hatte nicht die Absicht, bei Ihnen Wein zu kaufen, ich wollte mich mit Ihnen über Hanno Wingerter unterhalten.«

Er zuckte zusammen.

»Lassen Sie die Toten ruhen, ich hatte nur geschäftlich mit ihm zu tun. Genau wie sehr viele andere auch.«

»Welche Geschäfte machten Sie denn mit Wingerter? Er hat Ihnen doch keinen Wein abgekauft, von dem hatte er ja wohl selbst genug.«

Seidel drehte sich um und ging in Richtung seines Hauses. Beim Weggehen fauchte er mich an, ich solle ihn in Ruhe lassen. Ich konnte kaum richtig reagieren, da war er schon in der Haustür verschwunden. Ich stand alleine auf dem Hof. Die Tür zu seiner Halle stand offen. Ich ging hinein. Für einen kleinen Winzer befanden sich darin zu viele große Stahltanks. Ich klopfte an die Fässer, die alle randvoll waren. Für Ende Mai erschien mir dies merkwürdig. Ich nahm ein herumstehendes Glas und probierte etwas von dem Inhalt eines Fasses, das Wein sein sollte. »Pumapisse!« Ich griff mir eine leere Flasche, füllte sie mit dem »edlen« Gebräu und verkorkte sie. Das könnte eine Aufgabe für HG werden.

Als ich das Gut wieder verließ, war niemand zu sehen, doch ich bemerkte, dass sich der Vorhang im ersten Stockwerk des Wohngebäudes bewegte. Seidel hatte etwas zu verbergen, das war sonnenklar. Bei Gelegenheit müsste ich ihn mir noch einmal vorknöpfen. Vielleicht würde mein Besuch bei Täuscher ein wenig Licht in das Dunkel bringen.

Quer durch die Weinberge fuhr ich nach Burrweiler und dann auf der Deutschen Weinstraße Richtung Frankweiler. Am Friedhof, oder der Golanhöhe beziehungsweise der Friedhofskantine, wie die Einheimischen liebevoll den Weinpavillon am Ortseingang von Frankweiler nennen, bog ich rechts ab in den oberen Teil der Gemeinde. Täuschers Anwesen war ein schmuckloser 70er-Jahre-Neubau mit einer ebenso schmucklosen Wirtschaftshalle, die an einen Flugzeughangar erinnerte. Auf dem Innenhof herrschte reges Treiben. Täuscher und zwei kräftige, kahlköpfige Jugendliche mit schweren Springerstiefeln beluden einen LKW mit Weinkisten. Ich stieg aus meinem Wagen und ging auf das kleine Team zu. Täuscher löste sich aus der Gruppe und begrüßte mich freundlich. Ich fragte ihn ganz unverfänglich, ob ich etwas Wein probieren könne. Er gab den beiden Glatzen, die auf mich keinen sympathischen Eindruck machten, den Auftrag, den LKW weiter zu beladen und bat mich in seine Probierstube. Die Weine, die er mir vorsetzte, grenzten an Körperverletzung. Ich ließ mir nichts anmerken und philosophierte mit ihm über die frühe Rebenblüte und die Aussichten des diesjährigen Jahrgangs, obwohl mir klar war, dass er es schaffen würde, den besten Jahrgang zu verhunzen. Ich beschloss, das Thema zu wechseln.

»Schlimme Sache, die da mit Wingerter passiert ist. Ich war immer der Meinung, so etwas passiert nur sonntags im Tatort. Und jetzt ein Mord direkt vor der Haustür, sozusagen.«

Täuscher reagierte prompt: »Seit unser Deutschland von Ausländern übervölkert ist, ist man sich seines Lebens nicht mehr sicher. Selbst in der Pfalz wimmelt es von Negern, Schlitzaugen und Polacken. Bestimmt hat einer dieser Kanaken Hanno Wingerter auf dem Gewissen.«

Ich merkte, wie sich mein Magen verkrampfte und mein Großhirn meiner Faust meldete: »Sofort zuschlagen!« Ich musste aufpassen, dass ich jetzt nichts Falsches sagte. In welchen nationalistischen Sumpf war ich geraten! Mir wurde speiübel.

»Sie müssen wissen, Hanno war ein guter Freund von mir und wenn ich konnte, bin ich ihm in seinem großen Betrieb zur Hand gegangen. Er hat mir in schwerer Zeit auch sehr geholfen. Sie wissen ja, eine Hand wäscht die andere.«

Ich schaute unvermittelt auf die Uhr und sprudelte ebenso unvermittelt heraus, dass ich über das Gespräch einen wichtigen Termin verpennt hätte. Ich vertröstete Täuscher, dass ich später noch einmal vorbeikommen würde, um einige Flaschen mitzunehmen, aber jetzt sofort weg müsse. Ich lief zu meinem Wagen, stieg ein und fuhr mit quietschenden Rädern an, um diesen urdeutschen Hort so schnell wie möglich zu verlassen. Als ich aus der Einfahrt ausbog, stieß ich um ein Haar mit einem mir entgegenkommenden Jetta zusammen. Am Steuer saß Seidel. Ich umkurvte den VW und machte mich davon. Die Typen, mit denen Wingerter zu tun hatte, kannte ich nun.

Es war schon drei Uhr und ich hatte nur eine Erkenntnis – keine Erkenntnisse gewonnen zu haben. Eventuell könnte mir mein Haus- und Hofwinzer Franz Metzger aus

Hainfeld weiterhelfen. Ich begab mich direkt zu ihm. Franz war gerade dabei, seinen Sekt zu rütteln, als ich seine alten Kellergewölbe betrat. Er freute sich, mich zu sehen und unterbrach sofort seine Arbeit. Franz gehörte zu der jungen Winzergeneration, die sehr viel Wert auf Qualität legt. Sein Preis-Leistungs-Verhältnis war vorbildlich und deshalb kaufte ich bei ihm schon sehr lange meine Schoppenweine. Sein Riesling trocken war spitze und kostete mich nur drei Euro. Man kann ja nicht jeden Tag eine Flasche Wein für den vierfachen Preis trinken.

»Phillip, schön, dich wieder einmal zu sehen. Ich habe in den letzten Tagen einige neue Barriques abgefüllt. Komm, lass uns in der Stube den Dornfelder und den Chardonnay probieren.«

Da konnte ich nicht »Nein« sagen. Wir gingen in seine Weinstube und er holte seinen Wein. Der Dornfelder war eine Wucht, der Chardonnay mit Eichengeschmack gewöhnungsbedürftig. Ich unterrichtete ihn von meinem neuen Fall und fragte nach wissenswerten Hintergründen.

»Dass Wingerter krumme Geschäfte machte, war in der ganzen Gegend bekannt. Ihm war aber nie etwas nachzuweisen. Sein Geld machte er immer mit Masse, nicht mit Klasse. Seine Kontakte gehen bis in die Kreisverwaltung und ins Landwirtschaftsministerium. Dort sitzen Leute, die ihn immer gedeckt haben, wenn es für ihn brenzlig wurde. Namen weiß ich leider keine, aber es waren Entscheidungsträger.«

Franz nahm einen kräftigen Schluck Wein und holte Luft.

»Bei Seidel hat Wingerter große Mengen seiner Plörre ausgelagert. Die Tanks bei Seidel sind von Wingerter bezahlt. Seidel hatte keine Chance, dieses Geschäft abzulehnen, da er ansonsten hätte dichtmachen müssen.«

Als er anfing über Täuscher zu reden, verzog er angewidert sein Gesicht.

»Dieses Arschloch ist eine Schande für die ganze Gegend. Er ist Vorsitzender irgendeiner rechtsradikalen Vereinigung. Seine Schläger, die so dumm sind wie ein Meter ungeteerter Feldweg, machen seit einiger Zeit die Weinfeste in der Umgebung unsicher. Aber auch an ihn kommt man nicht heran. Er hat für Wingerter oft die Drecksarbeit getan. Täuschers Halbhirne haben Wingerter oft in der Lagerhalle geholfen. Welche Leichen die beiden zusammen im Keller haben, ist nicht bekannt. Auf jeden Fall hat Täuscher nicht unerheblich viel Geld von Wingerter geliehen bekommen – ohne Zinsen.«

Mir wurde klar, dass die zwei Winzer, jeder auf seine Art, nur Handlanger von Wingerter gewesen waren. Die Drahtzieher von Panscherei und Schieberei saßen woanders. Ich erzählte Franz von meinen Informationen über den Weinkommissionär, den FCK-Vorstand und seine ungehaltenen Zunftgenossen.

»Ja, ja, auch ich habe davon gehört. Weißt du, es ist eine üble Sache für unsere ganze Zunft und die Folgen bekommen wir alle zu spüren. Es gab einige Kollegen, die Wingerter gerne die Fresse poliert hätten. Mörder sind darunter aber keine. Der Kommissionär kann nur Wilfried Stocker sein. Der steht kurz davor, sein Gewerbe aufgeben zu müssen. Der Mann aus dem Vorstand ist mit Sicherheit Hans Kempf aus Neustadt. Er arbeitet dort in der Bezirksregierung und ist, nebenbei bemerkt, ein entfernter Verwandter von mir.«

Franz schaute wichtig.

»Wenn du Lust hast, kannst du am Mittwoch mit mir nach Kaiserslautern fahren, ich habe zufällig noch eine Sitzplatzkarte für das Spiel gegen Gladbach übrig. Dann kann ich dich nach dem Spiel mit Kempf bekannt machen.«

Diese Chance ließ ich mir nicht entgehen. Ich konnte das Angenehme mit dem Nützlichen verbinden und sagte zu. Ich kaufte Franz eine Kiste Riesling und sechs Flaschen Dornfelder Barrique ab. Vor meiner Verabredung um acht konnte ich Stocker noch einen Besuch abstatten. Für mein Puzzlespiel fehlten mir noch einige Teile.

Stocker saß in seinem kleinen Büro über Papiere gebeugt. Er machte einen sehr angespannten Eindruck.

»Sie sehen aus, als ob die Geschäfte nicht gut laufen.«

Stocker blickte auf, als ich das Büro betrat.

»Ich habe bereits geschlossen, kommen Sie bitte morgen früh wieder vorbei.«

»Ich möchte keinen Wein kaufen, Herr Stocker. Es gehen Gerüchte über Sie um, dass einige Ihrer angebotenen Weine sich auch gut als billiger Joghurt verkaufen ließen. Ich hänge an meiner Gesundheit, verstehen Sie.«

Stocker wurde böse.

»Erstens, verkaufe ich keine eigenen Weine. Zweitens, sind meine Lieferanten völlig in Ordnung und drittens, verschwinden Sie aus meinem Büro!«

»Ich weiß aus verlässlichen Quellen, dass Sie einen Ihrer Lieferanten angezeigt haben und dann aus unverständlichen Gründen die Anzeige zurückzogen. Die Weine waren doch gepanscht, oder?«

»Verschwinden Sie, oder ich rufe die Polizei!«

»Mit der stehe ich zurzeit ständig in Kontakt. Ich untersuche für Julia Wingerter den Mord an ihrem Mann, den Sie wegen Panscherei angezeigt haben. Nun ist Frau Wingerter tatverdächtig, und ich gehe anderen Spuren nach. Stocker, seien Sie vernünftig und sagen Sie mir, was Sie wissen. Ich versichere Ihnen, dass kein Mensch von unserem Gespräch erfahren wird.«

Stocker beruhigte sich.

»Wie ist Ihr Name?«

»Phillip Sturm, ich bin Privatdetektiv und versuche nur, eine Unschuldige vor dem Gefängnis zu retten.«

»Entschuldigen Sie meine unhöfliche Art. In den letzten Wochen wächst mir alles über den Kopf. Sie sagten, Julia Wingerter wird der Tat verdächtigt?«

»So ist es.«

»Kann ich sicher sein, dass Sie diskret sind?«

»Natürlich!«

»Ich möchte nicht, dass Frau Wingerter in Schwierigkeiten kommt. Sie war immer sehr freundlich zu mir, im Gegensatz zu ihrem Mann. Es ist richtig, dass ich Wingerter anzeigte, nachdem ich feststellen musste, dass sein Wein mit Aromen aufgebessert war. Ich hatte ihm einen großen Posten abgekauft. Als ich ihn zur Rede stellte, lachte er mich aus und nannte mich einen Spinner.«

Er machte ein ängstliches Gesicht.

»Kurz darauf fand ich mein Auto völlig demoliert vor der Tür stehen. Auf dem Fahrersitz lag ein Umschlag mit 1000 Euro und eine kurze Notiz, dass ich meine Verdächtigungen sein lassen solle, wenn ich nicht aussehen wolle wie mein Auto. Da ich kein Held bin, zog ich die Anzeige zurück.«

Ich wollte von ihm wissen, ob er den Betrug nicht beim Ankauf bemerkt hatte.

»Keineswegs, der Wein war sauber, als ich ihn probierte. Erst als sich einer meiner fachkundigen Geschäftsfreunde über den Geschmack beschwerte, prüfte ich die gelieferte Ware nochmals nach. Es war ein anderer Wein. Den Rest der Geschichte scheinen Sie zu kennen, mehr kann ich Ihnen auch nicht sagen.«

»Auch nicht, wer Ihren Wagen zerstörte?«

»Ich habe nur die Vermutung, dass es die Kerle waren, die bei Wingerters Freund Täuscher ein und aus gehen. Mit denen wollte ich auf keinen Fall zu tun haben.«

Langsam bekam die Sache Kontur. Bei Stocker wirkte die Drohung, dass er fürchtete, sein Gebiss zu verlieren. Jetzt war nur noch interessant, wie Kempf unter Druck gesetzt worden war. An Personen wie Kempf wagten sich die Junggermanen bestimmt nicht heran. Vielleicht könnte Julia Wingerter mir an diesem Punkt weiterhelfen. Ich bedankte mich bei Stocker für sein Vertrauen und versicherte ihm, seinen Namen im Zusammenhang mit Wingerter nicht zu nennen. Ich verließ ihn. Der Tag neigte sich seinem Ende und bei dem Gedanken an meine anstehende Verabredung begann mein Herz wie wild zu schlagen. Be cool, Sturm.

Der junge Beamte saß immer noch in seinem Wagen im Hof von Wingerters Anwesen. Als ich in Richtung Haustür ging, winkte ich ihm zu. Er grüßte zurück. Julia Wingerter öffnete mir die Tür. Ich war bei ihrem Anblick nicht in der Lage, auch nur einen Ton über die Lippen zu bekommen. Sie hatte das schwarze Kleid von heute Morgen mit einem erotischen Abendkleid getauscht. Das Kleid war bis zum Hals geschlossen. Sie trug darunter – nichts.

»Warum so stumm, Herr Sturm? Kommen Sie herein, das Essen ist gleich fertig.«

Als sie sich umdrehte, blieb ich wie angewurzelt stehen. Der Rücken war bis zum Poansatz völlig frei.

»Kommen Sie schon. Haben Sie noch nie einen Rücken gesehen?«

Ich trottete hinter ihr her, eine Flasche Dornfelder von Franz in der Hand. Auf einem großzügigen Esstisch war alles für ein abendliches Diner hergerichtet. Sogar die Kerzen fehlten nicht.

»Legen Sie ihre Jacke ab und nehmen Sie Platz.« Ich bringe uns einen kleinen Aperitif.«

Sie brachte zwei Gläser mit grünem Walnusslikör.

»War Ihr Tag erfolgreich?«

»Bis jetzt ja«, stammelte ich vor mich hin.

»Herrgott, Sturm, jetzt stellen Sie sich nicht an wie ein Pennäler. Ja, ich weiß, mein Mann ist noch nicht unter der Erde und ich veranstalte ein Abendessen mit meinem Privatdetektiv. Sehen Sie es einfach als Arbeitsessen. Man sollte doch auf das Wohlergehen seiner Mitarbeiter achten. Erzählen Sie schon, was Sie in Erfahrung gebracht haben.«

Ich fing mich, pflichtbewusst, und schilderte ihr meine Gespräche mit Seidel, Täuscher, Franz und Stocker. Sie wirkte nicht überrascht.

»Sie sehen Sturm, ich habe keinen Grund zur Trauer. Ein Mann, der mit Menschen wie Täuscher zusammenarbeitet, ist bemitleidens-, aber keiner Trauer wert. Die Politiker, die Sie ausfindig machen wollen, sind auch kein Problem. Mein Mann war sehr gut bekannt mit dem Ersten Kreisbeigeordneten Sauer und Staatssekretär Lohmann aus dem Landwirtschaftsministerium. Er hat sich politisch nach allen Seiten abgesichert. Ein Regierungswechsel hätte seinen Geschäften nicht geschadet.«

Sie beendete die geschäftliche Unterhaltung und begab sich in die Küche. Kurze Zeit darauf erschien sie mit zwei Tellern Suppe aus geräucherter Forelle, zu der sie einen trockenen Riesling Kabinett servierte. Nicht vom eigenen Weingut! Die Suppe, die mit Dillfäden garniert war, war köstlich abgeschmeckt. Ich begann, den Fall zu verdrängen und konzentrierte mich auf meinen Hedonismus. Als zweiten Gang präsentierte sie Geflügelleber mit Weintrauben, dazu einen Elsässer *Pinot Gris*. Naturgemäß auch nicht vom eigenen Weingut. Den Abschluss machten Pfirsiche mit Johannisbeeren in Weingelee, die mit einer edelsüßen Gewürztraminer Auslese gekrönt waren. Das Essen, ihr Anblick, der Wein – ich hätte auf der Stelle sterben können.

Nach dem köstlichen Mahl machte ich den Vorschlag, den Dornfelder zu köpfen, den ich mitgebracht hatte. Sie hatte aber längst beschlossen, den Abend mit einer Flasche Winzersekt *Pinot Blanc de Noir* brut zu beenden.

Beim ersten Glas bot sie mir das Du an. Beim zweiten Glas küsste sie mich. Beim dritten Glas erklärte sie mir, dass ich auf keinen Fall mehr Auto fahren könne, da die Polizei vorm Haus stehe. Die zweite Flasche tranken wir im Schlafzimmer. Als sie das Licht dimmte, dachte ich noch ein letztes Mal. »Ist das mein Auftrag?«

Dienstag, 1. Juni

Als ich wach wurde, schien mir die Sonne direkt ins Gesicht. Ich schaute mich um. Ich lag in einem riesigen französischen Bett. Die seidene Bettwäsche fühlte sich gut an. Die Uhr stand auf sieben. Neben mir schlief Julia. Sie machte einen friedlichen Eindruck. Die vergangene Nacht kam mir wie ein Traum vor. Als ich sie zärtlich umarmte und mich am Duft ihres Körpers gleich wieder erregte, räkelte sie sich wie ein kleines Kind. Sie öffnete die Augen und lächelte mich an.

»Guten Morgen, Schnüffler.« Sie küsste mich.

Ich fuhr ihr mit der Hand durch ihr volles Haar.

»Guten Morgen, Frau Wingerter. Haben Sie noch irgendwelche brisanten Aufträge für mich?«

Sie ließ ihre Hand unter die Decke gleiten und bewegte sie in Richtung empfindlicher Zonen.

»Ich möchte Sie nicht überstrapazieren, Schnüffler, aber mir würde spontan etwas einfallen. Ich habe Ihre Ermittlungsmethoden von letzter Nacht noch nicht ganz verstanden. Könnten Sie dasselbe vielleicht bei Tageslicht wiederholen?« Ich beschloss unverzüglich, noch ein Stündchen zu ermitteln.

Gegen acht rollte sich Julia auf den Rücken.

»Wir könnten einen Kaffee vertragen. Kannst du das erledigen?«

Ich verließ das warme Bett und suchte in der Küche die notwendigen Utensilien zusammen. Als der Kaffee aufgebrüht war, brachte ich ihn ihr ans Bett.

Sie blickte mich ernst an. Ihr Gesicht war auch ungeschminkt tadellos.

»Eigentlich bezahle ich dich nicht dafür, dass du morgens bei mir im Bett rumliegst und Kaffee trinkst.«

»Eigentlich arbeite ich nicht für dich, um am Abend mit dir zu essen und dann verführt zu werden, ohne diese Zusatzleistungen in Rechnung zu stellen.«

Wir mussten lachen.

»Ernsthaft, ich werde mich aufmachen, um HG die Probe vorbeizubringen und dann muss ich unbedingt Kontakt zu den Herren aus der Politik aufnehmen, beziehungsweise einiges über sie in Erfahrung bringen.«

»Kommst du heute Abend wieder bei mir vorbei?«

»Ich glaube, ich muss mal wieder eine Nacht durchpennen. Wenn du mir versprichst, mich schlafen zu lassen, dann werde ich mir es überlegen.«

»Das kann ich dir nicht versprechen.«

»In Ordnung, dann komme ich vorbei, wenn ich meine heutigen Ermittlungen beendet habe.«

»Ich liebe konsequente Männer.«

Gut gelaunt duschte ich, zog mich an, verabschiedete mich und grinste den jungen Polizisten, der immer noch vor der Haustür Wache hielt, an.

»Nicht bei allen fremden Männern reagiert sie so schroff, Junge. Vielleicht müssen Sie noch ein klein wenig üben, um bei reiferen Frauen übernachten zu dürfen.«

Er verstand mich nicht, reagierte nicht und verrichtete weiter seinen Dienst. Ich stieg in meinen Citroën und machte mich auf den Weg zu HGs Weinlabor.

Der Frühsommer hatte unsere Region wieder einmal verwöhnt. Es war kurz vor neun Uhr und ein lauer Wind strich sanft über die Weinberge, durch die ich mich Richtung Neustadt bewegte. Nachdem ich HG die Proben gebracht hatte, fasste ich den Entschluss, noch einen Abstecher nach Forst zu machen, um einige Flaschen Mittelhaardter Riesling einzukaufen. Mein dortiger Winzer gehört zweifellos zur internationalen Spitze – auch was die Preise anbelangt.

Nach zwanzig Minuten erreichte ich das Weinlabor, in dem HG arbeitet. Der Pförtner kannte mich von etlichen Besuchen und ließ mich deshalb unkontrolliert passieren. Ich klopfte an HGs Labortür und trat ein. Ich traute meinen Augen kaum. Mein guter alter Freund tanzte wie einst Fred Astaire zwischen seinen Reagenzgläsern umher, pfiff, sang und strahlte wie eine Dreckschippe.

»Guten Morgen, lieber Hans-Georg.«

»Auch dir einen wunderschönen, sonneverwöhnten und herrlichen guten Morgen, mein lieber Philipp. Kann ich dir irgendwie helfen, hast du irgendwelche außergewöhnlichen Wünsche?«

Ich stutzte. Mein Gesichtsausdruck war bestimmt sehr blöde. Ich reichte ihm meine Probenflaschen.

»Könntest du bitte untersuchen, was in dieser Flüssigkeit außer Wasser und Alkohol noch alles verborgen ist?«

»Aber klar doch. Sofort oder sofort?«

»Du kannst dir ruhig bis heute Abend Zeit lassen, vorher kann ich sowieso nichts damit anfangen.«

»Danke, der Herr, für diese unendliche Kulanz, die er mir gönnt.«

Ich schaute ihn lange an. »Geht's dir noch gut?«

»Besser kann es mir überhaupt nicht gehen und das habe ich deiner bekannt direkten Art zu verdanken. Ich habe mich in Sonja verliebt und sie sich in mich. Ich könnte Bäume ausreißen.«

Ich gratulierte ihm und fragte, ob wir nicht noch einen Kaffee in der Kantine trinken könnten. Er stimmte zu, immer noch über das gesamte Gesicht grinsend. Endlich hat er eine Frau gefunden, dachte ich mir auf dem Weg in die Kantine, obwohl seine gute Laune nervend war.

Bei unserem Kaffee schilderte ich ihm meine Ermittlungen vom Montag. Als ich ihm meine Liebesnacht mit Julia erzählte, schaute er mich entgeistert an.

»Du bist wohl wahnsinnig, dich mit deiner Auftraggeberin und auch noch der Hauptverdächtigen einzulassen? Manchmal denkst du mit dem falschen Kopf. Und überhaupt kannst du für sie nur ein Affäre sein, bei dem, was sie gesellschaftlich gewohnt ist. Genau wie dieser Maierbach. Schuster bleib bei deinen Leisten. Die ist eine Nummer zu groß für dich, genau wie deine Apothekerin.«

»Jetzt ist aber genug. Du magst ja beim einen oder anderen Punkt Recht haben. Aber lass Katja aus dem Spiel. Die hat mit der ganzen Sache nichts zu tun.«

»Is' ja gut, konzentrier dich auf deinen Fall und versprich mir, die Finger von dieser Frau zu lassen, sonst dauert meine Untersuchung deiner Probe etwas länger.«

»Ich denk' darüber nach und melde mich am späten Nachmittag.«

»Das brauchst du nicht. Ich rufe heute Abend bei dir an und teile dir das Ergebnis mit – wenn du zu Hause bist!«

Ich raunzte freundschaftlich »Spießer«, trank meinen Kaffee aus, verabschiedete mich höflich und stampfte aus der Kantine Richtung Ausgang.

Zehn Minuten später ging es mir schon wieder etwas besser. Mein Forster Winzer Moosleitner kredenzte mir eine Riesling Spätlese trocken von der Lage *Pechstein*, die mich meine Umwelt vergessen ließ. Da ich jedoch in Zeitnot war, ließ ich mir gleich sechs Flaschen einpacken und verzichtete widerwillig auf ähnlich köstliche Gewächse der Lagen *Mäushöhle*, *Ungeheuer* und *Freundstück*. Ich versicherte Moosleitner, dass ich bald wieder kommen werde und bestieg den DS.

Auf der Fahrt über die ehemalige B 38 nach Landau dachte ich über die Worte von HG nach. Er hatte Recht. Ich durfte nicht mit der Frau ins Bett steigen, deren Unschuld ich beweisen sollte. Vielleicht würde eine Ablenkung – unter Umständen Katja – mich wieder auf andere Gedanken bringen, auch wenn es schwer war, die vergangene Nacht verdrängen zu müssen. Ich beschloss, sofort zur Apotheke zu fahren und anschließend in mein Büro. Vergangenheitsbewältigung, das gilt auch für die allerjüngste Vergangenheit, darf nicht auf die lange Bank geschoben werden. Zielstrebig steuerte ich die Apotheke an.

Wegen eines Trauerfalls in der Familie bleibt die Apotheke für eine Woche geschlossen. Ich bedanke mich für Ihr Verständnis. Mit freundlichen Grüßen, Katja Rothmüller.

Fassungslos starrte ich das Schild an, das an der Apothekentür hing. Wir waren doch zum Essen verabredet, da kann doch niemand in ihrer Familie einfach so sterben! Ich fand den Todeszeitpunkt recht unsensibel gewählt und schlenderte in Richtung meines Büros, da mein Auto gut und ungefährdet von den städtischen Hilfssheriffs geparkt war.

Im Büro angekommen, erledigte ich die tägliche Briefkastenprozedur und betrat das Arbeitszimmer. Auf dem Anrufbeantworter erklang die liebreizende Stimme von Katja, die mir erklärte, dass eine Tante von ihr, die schon jahrelang einen falschen Ausgang hatte, endlich von ihrem Leiden erlöst sei und sie deshalb zur Beerdigung nach Flensburg müsse. Mit allerlei medizinisch-pharmazeutischen, aber vor allem morbiden Erklärungen füllte sie meinen Anrufbeantworter. Enttäuscht, aber überzeugt, dass ihre Abreise unvermeidbar war, löschte ich die Litaneien und wandte mich meiner Post zu. Schlimmer konnte es nicht mehr kommen. Katja auf Trauerreise, Angie auf Bumsurlaub, Sarah auf Tournee, HG schwebte Richtung Nirwana und ich war noch nicht auf der richtigen Fährte.

Die Post beinhaltete das Übliche und ein unübliches Kuvert ohne Absender, ohne Briefmarke und ohne Adressaten. Ich öffnete den Brief. »*Lass den Toten ihren Frieden, sonst wirst du zu Staub verrieben!*«, stand dort in ausgeschnittenen Zeitungslettern – wie originell. Reim dich oder ich fress' dich. Ich ignorierte die Drohung, wusste nun aber, dass ich auf dem richtigen Weg war. Irgendjemandem war ich wohl auf die Füße getreten.

Jetzt war es an der Zeit, Informationen über den Staatssekretär Lohmann und den Kreisbeigeordneten Sauer einzuholen. Ich überlegte, wer mir behilflich sein könnte. Ich hatte gute Beziehungen ins Landauer Rathaus und zur Staatskanzlei in Mainz. Beide Quellen konnten mir sehr nützlich sein. Ich wählte gerade die Nummer meines Bekannten in Mainz, als es an die Bürotür klopfte. Ich legt auf: »Herein.«

Eine zierliche weibliche Person stand im Türrahmen. Schwarze Lederhose, weiße Bluse, schwarze Lederjacke, dunkle, halblange, gelockte Haare und tiefbraune Augen. Sie schaute mich an:

»Philipp Sturm?«

Ich nickte.

»Darf ich hereinkommen?«

»Ich sagte es bereits!«

»Es stört Sie nicht, wenn ich mich setze?«

»Bitte, nehmen Sie Platz!«

Sie setzte sich auf den Stuhl vor meinem Schreibtisch.

»Mein Name ist Vibke Velten, ich bin freie Journalistin und ich glaube, wir arbeiten an der gleichen Sache.«

»Woher wollen Sie wissen, woran ich gerade arbeite?«

»Ich bin bei meinen Recherchen in den letzten Tagen auf Ihren Namen gestoßen. Es kann doch kein Zufall, sein, dass Sie bei den gleichen Leuten gesehen wurden, die auch für mich interessant sind. Sie sind eben bekannt bei den hiesigen Weinbauern.«

»Was recherchieren Sie denn gerade?«

»Ich schreibe über die Machenschaften einiger Winzer hier aus der Gegend und vor allem war ich Hanno Wingerter auf der Spur. Jetzt ist er tot. Sie befassen sich doch mit dem Mordfall?«

»Vielleicht.«

»Jetzt stellen Sie sich nicht so an, ich weiß doch, dass Sie von Frau Wingerter beauftragt wurden, den Mörder ihres Mannes zu finden!«

»Wenn Sie alles wissen, dann brauchen Sie mich doch nicht zu fragen, woran ich gerade arbeite.«

»Das ist durchaus richtig, ich fände es nur nicht schlecht, wenn wir uns über unsere Erkenntnisse austauschen könnten.«

»Welchen Vorteil würde mir das denn bringen? Erstens kenne ich Sie nicht und zweitens lasse ich mir nicht gerne in die Karten schauen.«

»Wollen Sie nicht mit mir reden?«

Ich schaute mir die Frau genau an und musste zugeben, dass sie mir nicht unsympathisch war. Vielleicht sollte ich doch meine Reserviertheit ablegen und mir anhören, was diese Journalistin zu sagen hat.

»Wenn ich es mir genau überlege, könnten wir schon ein paar Takte miteinander reden. Was haben Sie denn zu bieten?«

»Okay, reden wir nicht lange um den heißen Brei. Ich weiß Bescheid über Ihre Aktivitäten. Ich kann Ihnen helfen. Sie wissen Dinge, die mich interessieren. Sie haben Ihren Fall und ich will eine knallige Story. Sie haben Kontakte in die Weinbauszene; ich jedoch kenne die politischen Hintergründe. Sie haben die notwendigen Kontakte hier in der Gegend, ich habe die Kontakte in ganz Deutschland und Europa. Ich bin bereit, Ihnen meine bisherigen Ergebnisse offen zu legen. Das könnte für die Lösung Ihres Falls durchaus nützlich sein.«

Ein gelungener Auftritt. Ich war beeindruckt, und man sah es mir an. Kosmopolitin trifft Landei.

»Wollen Sie einen Kaffee?«

»Ein Tee wäre mir lieber.«

Nachdem ich ihr eher widerwillig eine Tasse Tee aufgebrüht hatte, den ich ihr auch noch servieren musste, da Angie nicht da war, bestätigte ich ihr, dass ich tatsächlich in der Sache Wingerter ermittle. Ich teilte ihr meine Ermittlungsergebnisse mit.

»Wingerter lagerte einige Hektoliter seines Weins bei Seidel in Weyher; mit Täuscher aus Frankweiler machte er undurchsichtige Geschäfte. Das alles konnte ich ermitteln, da ich von Wingerters Frau den Auftrag habe, seinen Mörder zu finden. Der Rest scheint mir zum jetzigen Zeitpunkt noch recht vage. Die Geschäfte Wingerters stehen wahrscheinlich in Zusammenhang mit den Anzeigen, die gegen ihn liefen. Durch seine scheinbar guten politischen Kontakte wurden diese Anzeigen zurückgezogen. HG musste, laut Anweisung von oben, seine Untersuchungen einstellen, Kempf zog aus mir bisher unbekannten Gründen die Anzeige zurück, und dem Weinkommissionär wurde mit körperlicher Gewalt gedroht. Alles deutet für mich darauf hin, dass ich in diesen Zusammenhängen den Mörder finden werde.«

Vibke Velten wusste, bis auf die Verkettungen den Weinkommissionär und den FCK-Vorstand betreffend, über alles Bescheid. Täuscher und Seidel waren ihr bekannt, sie bestätigte mir, dass diese beiden Personen mit Wingerter in Beziehung standen. Über meine Freundschaft zu HG war sie besonders erfreut. Dann legte sie los.

Seit Monaten recherchierte sie über die politischen und wirtschaftlichen Hintergründe des Aromen-Skandals. Einige kleine Winzer in der Pfalz, an der Mosel und in Baden waren bereits über die Klinge gesprungen. Sie hatten ihren Weinen Fruchtaromen zugesetzt, die sie über nicht nachweisbare Quellen erhalten hatten. Die Spuren zu den Drahtziehern liefen immer in Sackgassen. Ich erinnerte mich an die Worte HGs mit den Fischen und Haifischen. Gegen einige, wenige Winzer wird immer noch ermittelt, nur gegen Wingerter sind alle Nachforschungen eingestellt worden. Deshalb hat sie sich dem mittlerweile toten Hanno besonders gewidmet.

Jetzt wurde es hochinteressant.

Lohmann und Sauer waren Verbindungsbrüder von Hanno Wingerter aus der Zeit, in der sie gemeinsam Weinbau studierten. Sie ermöglichten durch ihre Beziehungen, dass die Ermittlungen gegen Wingerter eingestellt wurden. Lohmann sorgte für die Versetzung des Staatsanwaltes. Beide bekamen ihren Einsatz auch gut vergütet. Die drei von der »Tankstelle« profitierten sehr gut voneinander. Wingerter blieb unbehelligt und die Konten von Sauer und Lohmann wuchsen.

»Aus diesem Grund kommen die beiden als Mörder auch nicht in Frage, jeder hatte jeden in der Hand«, meinte die tüchtige Journalistin.

Sie habe noch nicht die letzten stichhaltigen Beweise, doch war sie sich ziemlich sicher, dass Wingerter derjenige war, der die künstlichen Aromen besorgt hatte. Die Spuren der künstlichen Geschmacksaufbesserer führten nach Südtirol. Dorthin wiederum habe Täuscher, der rechtsradikale Freund Wingerters, beste Kontakte zu deutschnationalen, separatistisch eingestellten Weinbauern. Die genauen Zusammenhänge waren ihr noch nicht klar. Ich dachte an die italienischen Tankwagen, die laut Julias Beobachtungen nachts bei Wingerter aufgetaucht waren, doch nicht daran, dass er ein Opfer welscher Fernfahrer geworden sein könnte. Langsam verdichteten sich für mich die Hintergründe des Weinskandals. Doch ein Mörder kristallisierte sich nicht heraus.

Wir fassten zusammen: Sauer, Lohmann, Täuscher und der tote Wingerter machten Geschäfte mit Geschmacksaufbesserern. Ihre Lieferanten kamen wahrscheinlich aus Norditalien. Seidel lagerte vermutlich die üble Brühe, die Beweise sollte HG heute noch liefern. Kommissionär Stocker, FCK-Vorstand Kempf und einige Winzer in Rheinland-Pfalz und Baden-Württemberg waren die Geschädigten bei diesen Geschäften – wissentlich oder zufällig. Die von der Polizei des Mordes verdächtigte Julia Wingerter hatte, das ergaben meine intensiven Ermittlungen, in der Vergangenheit schon mehrere Liebhaber. Doch für unseren Fall war nur Dozent Maierbach von Interesse. Ihr letzter Liebhaber, und das wusste Vibke Velten nicht, war bestimmt unschuldig. In diesem Personkreis musste sich ein Gewaltverbrecher mit geschäftlichen oder privaten Motiven finden. Wir beschlossen, gemeinsam den Weinpanschersumpf auszutrocknen und dabei einen Mörder oder eine Mörderin zu entlarven.

Es waren einige Stunden vergangen. Vibke, wir wurden uns einig, dass wir uns von nun an duzten, musste noch einige Dinge besorgen und wollte später wiederkommen.

Ich musste Franz in Hainfeld anrufen, da ich Kempf in Kaiserslautern sprechen und vor allem die vorzeitige Meisterschaft der »Roten Teufel« live miterleben wollte. Die Niederlage gegen den HSV hatte ich bereits vergessen. Immer noch drei Punkte Vorsprung auf die Bayern. Ein Sieg und alles wäre klar, wie vor vier Tagen. Als ob ich nicht andere Sorgen hätte! Ich verabredete mich mit Franz. Wir wollten uns zwei Stunden vor Spielbeginn in Hainfeld treffen, um dort zu entscheiden, wer nach Kaiserslautern fährt.

Vibke kam von ihren Besorgungen zurück. Ich fragte sie, wo sie abgestiegen sei und erfuhr, dass sie noch eine Pension suche. Spontan bot ich ihr meine Couch an, die sie ohne große Worte annahm. Es war jetzt kurz vor halb sechs. HG könnte jeden Moment bei mir zu Hause anrufen, und ich musste Julia erklären, dass ich heute und auch morgen nicht kommen könne, da es die Ermittlungen nicht zulassen würden. Wenn es um meine Arbeit geht, bin ich doch konsequenter, als sie dachte, zudem es ja auch um sie ging. Als ich Vibke mitzukommen bat, dachte ich an die eingefrorene Kalbsleber, die wir zusammen essen könnten. Wir fuhren mit unseren Autos zu meiner Wohnung, dort tranken wir einen Schluck Portwein. Ich begab mich in die Küche, um die Leber aufzutauen. Das Telefon klingelte.

HG hatte meine Weinprobe einer gaschromatographischen Analyse unterzogen und sein Ergebnis war eindeutig: Zusatz verschiedener Aromen. Pfirsicharoma im Riesling, Grüner Apfel im Weißburgunder, Brombeere im Dornfelder und Waldbeeraroma im Spätburgunder. Na denn Prost! Seidel würde nun mit mir reden müssen, sonst könnte ich der Polizei einen kleinen Hinweis geben, der ihn in arge Verlegenheit bringen würde.

Ich sagte Vibke Bescheid, dass ich noch einmal kurz wegfahren müsste, sie könne ja solange Fernsehen schauen, etwas lesen oder Musik hören. Ich versprach ihr auch neue Informationen. Ich packte meine Wagenschlüssel, ging zum DS und machte mich auf den Weg zu Seidel nach Weyher. Den Drohbrief hatte ich verdrängt, Julia nicht angerufen und die Leber offen in der Küche herumliegen lassen.

Als ich in Weyher ankam, war das Haus von Seidel total verrammelt. Das große Eingangstor war fest verschlossen. Durch eine schmale Gasse, die sich zwischen Seidels Haus und dem Nachbarweingut befand, zwängte ich mich in Richtung Hintereingang. Dort befand sich ein kleiner Garten, der von einem Maschendrahtzaun umgeben war. Ich kletterte darüber und kämpfte mich durch Tomatenstöcke und Kopfsalatköpfe zum Hintereingang von Seidels Halle. Die Hintertür war nicht abgeschlossen. Ich ging hinein und wäre am liebsten wieder rückwärts hinausgegangen. Die Halle stank wie der Ostwind auf der A6 bei Frankenthal. Eine Mischung aus Alkohol, Chemie und etwas Weinähnlichem. Ich klopfte an die Stahltanks – leer! Der Höllengeruch kam aus dem Gully. Ich öffnete ein Fass und hielt meine Nase hinein. Ein Duft von Meister Propper, angelängt mit Domestos, kam mir entgegen. »Eine Sekunde länger und ich habe die Nasenschleimhäute eines Koksers«, dachte ich mir und verließ die Halle schleunigst in Richtung Innenhof. Die Jalousien an den Fenstern des Wohnhauses waren von innen verriegelt. Die Haustür war abgeschlossen. Ich schaute mich im Innenhof um. Alles sah verlassen aus, von Seidels Jetta keine Spur. Die Ratte hatte das marode Schiff verlassen und die flüssigen Beweise chemisch entsorgt. Meine Hoffnung, das schwächste Glied in dieser Korruptions- und Panschereikette in die Mangel zu nehmen, hatte sich leider erledigt. Ich hielt die Luft an, durchquerte schnell die stinkende Halle, überwandt nochmals Gemüse und Zaun und bestieg mein Auto. Da der Aufenthalt in Weyher sehr kurz war, stieg auf dem Rückweg nach Landau meine Zuversicht, die Kalbsleber in meiner Küche noch zu retten.

Als ich etwa um sechs Uhr zu Hause ankam, lag Vibke, nur mit T-Shirt und Slip bekleidet auf der Couch und schaute fern.

»Du hast dich ja schon häuslich bei mir eingerichtet«, lächelte ich ihr zu. »Tu dir nur keinen Zwang an.«

Sie erklärte mir, dass sie noch nicht mit mir gerechnet habe und vor dem Essen noch unter die Dusche wolle. Dann fragte sie mich sofort, was ich bei Seidel erreicht hätte. Ich teilte ihr enttäuscht mit, dass sich der Fassweinwinzer scheinbar vom Acker gemacht habe und der Inhalt der Tanks im Gully gelandet sei. Kein Seidel, keine Aromen, keine Beweise, alles Scheiße. Bevor sie mir antworten konnte, klingelte das Telefon.

»Sturm, private Ermittlungen und gerade auf dem Weg zum Herd«, kläffte ich ins Telefon.

Auf der anderen Seite hörte ich zuerst nur schweres Schnaufen und dann in einem fast schon gewohnt ungehaltenen, sehr lauten Ton: »Becker, offizielle Ermittlungen, bewegen Sie Ihren Arsch sofort ins Präsidium, ich habe Sie etwas zu fragen!«

Das Auflegen des Hörers auf der anderen Seite zerfetzte mir beinahe das Trommelfell. Ich schaute Vibke an und schilderte ihr kurz die Sachlage.

Ihre Antwort war: »Ich komme mit.«

Noch im gleichen Moment flog ihr T-Shirt, gefolgt vom Slip in die Ecke, sie huschte, wie Gott sie schuf, ins Bad und fünf Minuten später stand sie ebenso, nur frisch geduscht, wieder im Wohnzimmer, griff in ihre Reisetasche und kleidete sich ungeniert vor meinen Augen an. Trotz des rasanten Strips und der gleichschnellen Ankleideaktion war ich von ihren Formen beeindruckt.

»Entschuldige Vibke, wir kennen uns erst ein paar Stunden und du verhältst dich so, als ob ich mit dir verheiratet wäre.« Sie grinste mich an und nuschelte etwas von gleicher Wellenlänge, liberalen Einstellungen und ich-solle-mich-nicht-so-haben.

Ich beließ es dabei, dachte aber in dieser Situation spontan an meine Verabredung am Abend und griff zum Hörer. Auf der anderen Seite hörte ich die Stimme von Hanno Wingerter. Bevor ich blass wurde, sagte die Stimme: »Bitte sprechen Sie nach dem Signalton.«

Ich erklärte in kurzen Worten die Situation und bedauerte zutiefst, das abendliche Rendezvous und meinen Besuch am nächsten Tag absagen zu müssen. Als ich aufgelegt hatte, war ich fast ein bisschen stolz auf mich, da der Anblick Vibkes einen Besuch bei Julia geradezu herausgefordert hatte, um einigen schlüpfrigen Fantasien freien Lauf zu lassen. Ich konzentrierte mich in diesem wichtigen Moment jedoch auf meinen Job und freute mich auf die Stunden, die kommen würden, wenn Julia von dem Verdacht, ihren Mann umgebracht zu haben, befreit wäre.

Ich setzte mich mit Vibke ins Auto und steuerte das Polizeipräsidium im Westring an. Dort angekommen, wurde die Journalistin aufgefordert, im Gang auf mich zu warten, da Becker darauf bestand, alleine mit mir zu sprechen. Ich wurde nicht in sein Büro beordert, sondern in einen kalten Verhörraum, in dem ich etwa zwanzig Minuten auf den Vorstadt-Derrick warten musste. Dann betrat er explosiv mit seinem jungen »Harry,-hol-schon-mal-den-Wagen« den Raum.

»So schnell sieht man sich wieder!«, schnauzte er mich an. »Um gleich zur Sache zu kommen: schnüffeln Sie an der Mordsache Wingerter herum?«

Ich senkte bejahend den Kopf.

»Sie wissen, dass das eigentlich Angelegenheit der Polizei ist? Kümmern Sie sich um Ihre Ehebrecher und begeben Sie sich nicht auf ein Terrain, das eine Nummer zu groß ist für Sie. Da Sie nun aber schon mal Ihre Nase in Dinge gesteckt haben, die Sie nichts angehen, wäre es wohl nicht zu viel verlangt, wenn Sie uns detailliert berichten könnten, zu welchen Ergebnissen Sie bislang gekommen sind.«

Ich schüttelte verneinend den Kopf.

»Ich kann Sie auch die ganze Nacht verhören, wenn Sie das unbedingt wollen?«

Ich schaute Becker tief in die Augen und fragte ihn,

was er mir als Gegenleistung bieten könne. Sein Kopf wurde augenblicklich rubinrot.

»Sturm! Ich kann Ihnen genau sagen, was ich Ihnen biete. Sie sind in den letzten Tagen zweimal bei einem Winzer Namens Seidel gesehen worden. Das letzte Mal als Sie dort waren, sind Sie sogar eingebrochen.«

»Ja, und?«

»Alleine diese Tatsache würde es mir erlauben, Sie einige Zeit hier zu behalten.«

»Ich wollte Seidel besuchen, und er öffnete nicht. Da wollte ich einfach nach dem Rechten sehen, Herr Oberhauptkommissar.«

»Lassen Sie diese Kindereien! Nachdem Sie Seidel erstochen haben, sind Sie bei ihm eingebrochen, um seine letzten Habseligkeiten zu rauben. Wie gefällt Ihnen diese Theorie?«

Ich nahm augenblicklich die Farbe der weiß gekalkten Wand des Verhörraums an und, was kaum zu glauben ist, ich fand keine Worte.

»Die Kollegen von der Verkehrspolizei sind heute Abend darauf aufmerksam gemacht worden, dass am Parkplatz *Forsthaus Heldenstein* ein VW-Jetta mit offenen Türen herumstehe. Als sie dort ankamen und den Kofferraum öffneten, fanden sie die Leiche von Seidel mit durchschnittener Kehle. Die ersten Recherchen in Weyher ließen uns auf einen auffälligen Mann stoßen, der mit einem großen, alten französischen Auto zweimal bei Seidel beobachtet wurde. Ich habe eins und eins zusammengezählt und bin auf den uns bekannten Kleinstadtschnüffler gekommen, der zufälligerweise ein paar Tage zuvor schon bei einem anderen gewaltsamen Todesfall anwesend war.«

Ich schaute ihn etwas verächtlich an und meinte, ob er wegen dieser Zufälle der Ansicht sei, ihm sei nun ganz zufällig Jack the Ripper von Landau in die Fänge gegangen. Nebenbei fragte ich ihn, ob der Todeszeitpunkt von Seidel bereits bekannt sei und ob er mich nicht zuerst nach meinem Alibi fragen wolle?

»Nach ersten Erkenntnissen wurde Seidel gegen sechzehn Uhr ermordet. Das Auto wurde dann zum Forsthaus gefahren und scheinbar fluchtartig verlassen. Wo waren Sie zu dieser Zeit?«

»Begeben Sie sich auf den Flur und fragen Sie die hübsche junge Dame, die dort sitzt und bereits eine geraume Zeit auf mich wartet.«

Becker öffnete die Tür des Verhörraumes und lugte in den Flur. Als er Vibke realisierte, bat er sie freundlich in den Raum.

»Waren Sie gegen sechzehn Uhr mit Sturm zusammen?«

»Braucht er ein Alibi?«

»Jetzt antworten Sie schon. War Sturm in der fraglichen Zeit mit Ihnen zusammen oder nicht?«

Vibke nickte.

Aus einem Verhör ist in kurzer Zeit so etwas wie eine Anklage geworden. Ich dachte mir jedoch von Anfang an, Becker sei ziemlich sicher, dass nicht ich der Meuchelmörder sei. Er wollte einfach neue Hinweise von mir bekommen und versuchte, mich deshalb unter Druck zu setzen. Das Alibi von Vibke war deshalb nur reine Formsache. Doch die Situation hatte auch ihr Gutes. Vibke war nun anwesend, und so konnten wir beide unsere Erkenntnisse an die Staatsgewalt weitergeben.

»Kommissar, Sie wollen Informationen von mir, dann sollen Sie auch Informationen bekommen.«

Ich schaute seinen Hiwi an. »Harry, schreib schon mal mit!«

Als Becker Vibke aus dem Zimmer schicken wollte, intervenierte ich kurz, aber heftig, dass sie eine Menge zu der Sache beitragen könne. Sie durfte bleiben. Wort- und gestenreich erzählten wir den beiden Kriminalern unsere Geschichte. Ich mutmaßte, dass die Killer von Seidel unter Umständen bei Täuscher zu suchen seien. Becker machte den Eindruck, als ignoriere er die Verdächtigung und ließ kurz anklingen, dass er sich auch vorstellen könne, dass Seidel der Mörder von Wingerter war. Doch diese Annahme verwarf er im gleichen Moment mit der Bemerkung, dass für ihn die Sachlage im Fall Wingerter eindeutig sei und es sowieso nur noch eine Frage der Zeit sei, dass Julia Wingerter gesteht. Ich hielt ihn für einen sehr eindimensional denkenden Zeitgenossen.

Was Vibke und ich zum Besten gaben, interessierte Becker herzlich wenig. Er sprach von wirren Vermutungen und Verdächtigungen, die jeglicher Vernunft widersprächen. Er belehrte uns, dass er keinen Anlass sehe, öffentliche Gelder in Hirngespinste von zwei blutigen Laien zu stecken und bat uns bestimmt aber freundlich nach zweieinhalb Stunden, das Präsidium zu verlassen.

Beim Hinausgehen gab er mir den väterlichen Rat: »Nehmen Sie die junge Frau und fahren Sie mit ihr in Urlaub. Das wäre sinnvoller, als weiterhin unnütze Zeit mit Polizeiarbeit zu vergeuden. Wir werden den Fall schon lösen.«

Als wir auf der Straße angekommen waren, sagte ich zu Vibke, dass Becker entweder ein ignorantes Arschloch sei oder mit der ganzen Brut unter einer Decke stecke. Vibke blieb gelassen und erwiderte, es sei ganz gut so, denn nun habe sie die Möglichkeit, das ganze Verwirrspiel alleine mit mir aufzuklären.

»Die ganzen Ruhmeslorbeeren bekommen wir, wenn wir jemanden finden, der bereit ist, das Schweigen zu brechen. Ich bekomme meine Story, und du findest vielleicht den wahren Mörder, da die Bullen bereits eindeutig festgelegt sind.«

Ich wusste im Moment nicht, wo ich weiter ansetzen sollte. Vibke fragte, ob wir nicht noch ein Bier trinken sollten, bei dem wir uns Gedanken machen könnten, wie es weitergeht. Ich war nach diesem anstrengenden Tag nicht mehr in der Lage, mich zu konzentrieren, geschweige denn mir über irgendwelche Dinge Gedanken zu machen. Sie beschloss, alleine loszuziehen. Ich gab ihr meinen Ersatzhaustürschlüssel und setzte mich in den DS, um nach Hause zu fahren.

In der Straße vor meiner Wohnung war es total finster. Komischerweise war die gesamte Straßenbeleuchtung ausgefallen. Ich dachte spontan an meine Teeniejahre, als meine Freunde und ich uns auf dem Weg von Weinfesten nach Hause einen Spaß daraus machten, Laternen auszutreten. Ich schmunzelte innerlich, als ich das Licht am Auto ausschaltete, die Tür öffnete und ausstieg. Noch bevor ich die Autotür zuschließen konnte, bemerkte ich hinter mir einen heftigen Luftzug. Ich drehte mich um, um im gleichen Augenblick einen starken Schmerz in der Kiefergegend zu spüren. Der nächste Schmerz tauchte in der Magengrube auf, dann am Hinterkopf und schließlich in der Nähe der Nieren. Ich verlor langsam das Gefühl, die Schmerzen irgendwelchen Körperregionen beiordnen zu können. Das Letzte,s was ich spürte, war der Asphalt unter meinen Knien, als ich zu Boden ging, dann riss mich ein schwerer Springerstiefel, der mich am Kopf traf, in eine tiefe Dunkelheit, die noch dunkler war als die Straße vor meiner Wohnung.

Ich saß gefesselt auf einem Stuhl in einem Raum, der mit Kalbsleber tapeziert war. Die ganze Wand lebte, denn aus den Leberstücken krochen dicke schwarze Maden, die sich an der Leber labten. Wenige Meter vor meinem Stuhl konnte ich drei Körper erkennen, die an die Wand gekettet waren. Einige Maden hatten sich schon auf die Körper verirrt. Von links nach rechts konnte ich Katja, Sarah und Julia erkennen, die ein jämmerliches Bild abgaben. Plötzlich setzte Musik ein. Es war meine Lieblings-CD von »Dead can Dance«. Ein Scheinwerfer flackerte auf und im Lichtkegel erschien eine weitere Frau, die aussah wie Angie. Ganz in Leder gekleidet mit einer Maske, die an Batgirl erinnerte, ging sie eine siebenköpfige Katze schwingend auf die drei wehrlosen Gestalten zu. Die Peitsche traf erbarmungslos die wimmernden Körper der Frauen. Nach jedem Schlag lachte das Ledermonster in meine Richtung. Die Schläge, die die Frauen trafen, begannen mir körperlich weh zu tun. Dann verstummte die Musik. Der Triumphmarsch aus Aida erklang und aus dem Hintergrund erschien eine weitere Person, die das Ledergirl niederstreckte, die Frauen von ihren Fesseln erlöste und dann auf mich zukam. »Das ist allein deine Schuld«, schrie mir die Person ins Gesicht, die ich als Vibke erkannte und mich gnadenlos zu ohrfeigen begann.

»Aufhören, sofort aufhören«, plärrte ich aus mir heraus, als ich die Augen öffnete. Ich schaute in die tiefbraunen Augen von Vibke, die gerade dabei war, wieder auszuholen.

»Gott sei Dank, du bist wieder bei Sinnen!«

Sie fuhr ihre Hand ein und umarmte mich. Ich fühlte mich, als ob ich unter einen Vollernter gefallen wäre. Getrocknetes Blut umgab meine Lippen, mein Kopf dröhnte und meine Glieder schmerzten. Nichtsdestotrotz war ich froh, der Kalbsleberhölle entkommen zu sein, und ich schaffte es, mit Vibkes Hilfe aufzustehen. Ich betastete meinen geschlagenen Körper, um festzustellen, dass scheinbar nichts gebrochen war. Die Straßenbeleuchtung funktionierte wieder, dann brach mein Herz: Mein DS war nur noch eine Ruine. Seine Augen waren ausgestoßen, die Fenster eingeschlagen, die Antenne lag mit den Scheibenwischern in den abgerissenen Kotflügeln. Die Reifen waren zerstochen, die Lederpolster zerschnitten, der CD-Player geklaut. Auf der Kühlerhaube stand in großen Lettern: »So ergeht es unseren Feinden!«

Vibke sah meine gebrochenen Augen, die in ihrer Peripherie farblich verändert waren, und sagte beschwichtigend: »Die waren der Ansicht, dass du das Zeitliche gesegnet hast. Sei froh, dass du noch lebst.«

Wir gingen in die Wohnung. Vibke versorgte meine Wunden, ich kochte innerlich vor Wut. Diese Barbaren haben mein Auto demoliert. Man kann mich ja zusammenschlagen, doch mein Auto demolieren, das geht zu weit. Als ich ausreichend versorgt war, stand ich auf und wankte zu meiner Kommode, wo ich die oberste Schublade öffnete und meine Beretta herausholte. Ich muss ehrlich sein, es war eine Premiere, dass ich die Knarre, für die ich einen Waffenschein hatte und die ich vor Jahren im Austausch gegen einen 2CV erwarb, in die Hand nahm. Ich wusste, ich war ein guter Schütze, denn in fünfzehn unnützen Monaten meines Lebens gab es für gute Schießergebnisse regelmäßig Sonderurlaub von dem Konglomerat der Zivilversager, auch Bundeswehr genannt. In meiner Realität gab es für die James-Bond-Waffe keine Einsatzmöglichkeiten, auch wenn manche Betrogene, der ich die Wahrheit verkündete, einige Scheine mehr auf den Tisch gelegt hätten, hätte ich das Ding benutzt. Doch jetzt war es mir ernst. Ich hatte schon einige Male eine auf die Schnauze bekommen, doch meinen geliebten DS hatte noch niemand angerührt. Vor allem nicht so dreckige Faschisten in Springerstiefeln.

»Wir fahren zu Täuscher«

Vibke schaute mich entgeistert an. »Du kannst in deinem Zustand nirgends hinfahren und vor allem nicht mit einer scharfen Wumme.«

»Ist mir klar, mein Auto ist ja Schrott. Du fährst mich zu Täuscher, und die Wumme kommt mit.«

»Einen Teufel werde ich tun.«

»Seine Spießgesellen haben mein Auto zerstört, das zahle ich ihm heim.«

»Denkst du nur an deine beschissene Franzosenschleuder?«

»Ja!«

»Du könntest tot sein, willst du das vielleicht nachholen?«

»Nein.«

»Was willst du dann?«

»Ich will mir die Drecksau vorknöpfen. Wenn ich mit ihm fertig bin, ist der DS gerächt, und wir wissen eventuell noch einiges mehr über unseren Fall.«

Der letzte Beisatz überzeugte sie und nun beeilte sie sich, dass wir loskamen, bevor mein heiliger Zorn verraucht war und ich wieder normal denken konnte.

In der Halle von Täuscher brannte noch Licht. Ich trat die Tür ein, meine Schmerzen ignorierend, und peilte die Lage. Täuscher saß an einem Tisch, die Augen weit aufgerissen. Neben dem Tisch standen ebenfalls ziemlich überrascht zwei seiner Halbhirne, lack- und blutverschmiert. Dann kam Bewegung in die Szenerie. Die Teutonen bewegten sich rasch in meine Richtung. Instinktiv zog ich die Beretta aus der Tasche und feuerte los. Den einen traf ich im Knie, den anderen in Oberarm und Unterschenkel. Die kurze Hektik legte sich. Das Wimmern zweier armseliger Gestalten auf dem Betonboden füllte den Raum. Vibke betrat fassungslos die Halle, ich betrachtete fassungslos die dampfende Knarre in meiner Hand. Täuscher, der dicke Schweißperlen auf der Stirn hatte, war völlig paralysiert. Ich musste die Gunst der Stunde nutzen.

»Ich habe Ihnen doch versprochen, dass ich noch einmal vorbeikomme, um Wein zu kaufen.«

Täuscher reagierte nicht.

»Das mit dem Wein war ein Scherz und das mit dem Kaufen ein noch größerer. Doch ich möchte trotzdem noch etwas von Ihnen.«

Täuscher gab sich der für ihn ungünstigen Situation hin. »Was wollen Sie von mir? Ich kenne Sie überhaupt nicht.«

»Einen neuen, alten Citroën DS 20 Pallas.«

»Ich verstehe Sie nicht.«

»Das wundert mich nicht.«

Das Wimmern aus dem Hintergrund wurde zu Klagen und Fluchen. Ich richtete die Beretta in entsprechende Richtung und es wurde schlagartig leise. »Möchten Sie mit ihren Nazifreunden zusammen jammern? Wer hat ihnen den Auftrag gegeben, mein Auto und mich zu töten?«

»Seidel, dieser unnütze Schlappschwanz, hat mir berichtet, dass Sie hinter ihm her sind wegen des Mordes an Wingerter. Sie sollten nur eine kleine Lektion erhalten, sich aus unseren Geschäften herauszuhalten. Es ist schlimm genug, dass Hanno umgebracht wurde. Die Hintergründe sollte keiner erfahren. Ich habe ganz alleine die Entscheidung getroffen, Sie zum Schweigen zu bringen.«

»So wie bei Seidel?«

»Er war eine Gefahr für meine Geschäfte.«

»Für Ihre Geschäfte. Sie wollen doch nicht etwa behaupten, dass ein solch beschränktes Hirn wie das Ihre überhaupt Geschäfte machen kann?«

»Ich bekam günstige Weine von Südtiroler Freunden, die wir mit unseren Weinen verschnitten haben. Das brauchte jedoch nicht an die große Glocke gehängt zu werden.«

»Welche Rolle spielte Hanno Wingerter?«

»Der hatte nichts damit zu tun. Ich habe ihn über die Südtiroler kennen gelernt und wir wurden gute Freunde. Er gab mir als guter Freund nur einen günstigen Kredit.«

»Und woher kommen die künstlichen Aromen?«

»Wie? Aromen? Ich verstehe Sie nicht!«

»Sind Sie sich sicher, dass Sie nichts verstehen?«

»Ich habe nicht die geringste Ahnung, wovon Sie sprechen.«

»A-r-o-m-e-n, oder genauer: Unnatürliche Geschmackstoffe, die dem Wein zugesetzt werden.«

»Ich habe keine Ahnung, was Sie meinen.«

»Sie wissen sehr wohl, was ich meine. Wen decken Sie, was verheimlichen Sie mir?«

»Sie werden von mir nichts erfahren«, fauchte er.

Er riss die Schublade am Tisch, an dem er immer noch saß, auf, zog einen Revolver heraus, setzte blitzschnell an und verspritzte sein Gehirn in der Lagerhalle. Ich war schockiert, das feige Schwein hat sich einfach so meinen Fragen entzogen und zudem meinen DS nicht bezahlt. Vor wem hatte Täuscher solche Angst? Vor den Fragen der Polizei oder vor seinen Auftraggebern? Waren Lohmann und Sauer so Furcht einflößend?

»Was ist hier gerade passiert?«, stammelte eine dünne Stimme aus dem Hintergrund. Vibke begann sich gerade wieder zu bewegen.

»Ein Massaker«, antwortete ich lapidar. »Kümmere dich bitte um die Blutungen der deutschen Helden, ich schaue mich schnell in Täuschers Büro um, dann rufen wir Kommissar Becker.«

Zuerst ging ich an den Tisch, über dem Täuschers Leiche hing. Ich räumte ihn kurz beiseite und versuchte zwischen dem ganzen Blut, etwas in der Schublade zu finden. Ich wurde sofort fündig. In einer Klarsichthülle, die noch den Abdruck des Revolvers trug, fanden sich Adressen von Winzern in Bozen und Meran. Weitere Unterlagen und ein Jahrbuch besagten, dass alle Winzer einer italienischen Weinbruderschaft angehörten, deren Vorsitzender ein gewisser Giovanni Caprese aus Agrigento war. Ein Verbindungsmann dieser Weinbruderschaft, ein Paolo de Angelo, wohnte in Venningen und war Kellermeister der dortigen Winzergenossenschaft. Steckten dieser Caprese oder de Angelo hinter der Sache, waren sie vielleicht die Drahtzieher und Auftraggeber? Ich fragte mich, wo dieses Agrigento liegt. Hier konnten mir eine Landkarte oder aber mein Feinkosthändler Antonio weiterhelfen. »Venningen«, dachte ich mir, »werde ich gerade noch finden.« Ich ging ins Büro, fand jedoch nichts Weiteres als ein Bündel Geldscheine. Ohne zu zählen steckte ich die Scheine ein, die unter Umständen ausreichend waren, um den Schaden an meinem Auto und meiner Seele zu beheben. Die Unterlagen aus der Schublade gab ich Vibke, die sie bestimmt für ihre Recherche weiterverwenden konnte. Die Namen Giovanni Caprese aus Agrigento und Paolo de Angelo aus Venningen waren ihr unbekannt. Sie verstaute die Papiere in ihrem Wagen, und ich rief Becker an.

Mittwoch, 2. Juni

Kurz nach Mitternacht trafen Becker, sein Assistent, der Leichenwagen und der Notarzt ein.

»Was habe ich Ihnen gesagt? Statt auf meine Worte zu hören, ziehen Sie eine immer breitere Blutspur hinter sich her. Was ist hier vorgefallen?«

Ich erklärte dem Kommissar die Vorgänge, seit ich das Präsidium verlassen hatte, ließ natürlich meinen Albtraum aus und präsentierte ihm die Mörder von Seidel. Vibke bestätigte meine Ausführungen. Der Assi nahm die Aussagen auf und für Becker war der Fall vorerst erledigt, auch wenn er sichtlich ungehalten auf mich reagierte. Von den Unterlagen erwähnten wir beide nichts, die verletzten Männer von Täuscher hatten entweder nichts mitbekommen oder wollten sich nicht in Teufels Küche begeben. Als ich zum Schluss den Überfall auf den DS und mich zur Anzeige brachte, meinte Becker nur noch nebenbei: »Jetzt fehlt nur noch das Geständnis von Julia Wingerter.«

Als ich mich umdrehte, um zu gehen, giftete ich ihn an: »Das werden Sie nie bekommen, denn Frau Wingerter ist unschuldig!«

Ich dachte an den bevorstehenden Tag und die vielen Besuche, die ich machen musste. Beim Stichwort »Julia« kam es mir unausweichlich vor, sie vom weiteren Fortgang meiner Ermittlungen unterrichten zu müssen. Das würde am Morgen mein erster Gang sein, zu dem ich auch eine gewisse Sehnsucht verspürte. Anschließend wollte ich de Angelo in Venningen aufsuchen, in mein Büro gehen und Antonio einen Besuch abstatten, bevor ich nach Kaiserslautern fahren würde. Doch jetzt riefen nur noch die Matratze und hoffentlich angenehme Träume. Ich bat Vibke, uns nach Hause zu bringen. Sie stimmte wortlos zu, und wir begaben uns ein weiteres Mal auf den Nachhauseweg.

Der Duft von frischem Kaffee weckte mich aus einem tiefen, traumlosen Schlaf. Vibke rannte bereits frisch geduscht und zur Abwechslung in meinem Morgenmantel durch die Wohnung. Sie teilte mir mit, dass sie gleich jetzt nach Mainz fahren werde, um einige Erkundungen bei einem alten Freund der dortigen Zeitung einzuholen. Wir verabredeten uns um elf Uhr abends im *Bäuerlein* in der Innenstadt.

»Wer zuerst da ist, wartet auf den anderen.«

Sie trank ihren Kaffee aus, zog sich an und verschwand durch die Haustür. Ich konnte mich nun kurz den seelischen und körperlichen Wunden des letzten Tages widmen. Einige Stellen meines Körpers wiesen doch erhebliche Mängel auf. Zudem hatte ich das untrügliche Gefühl, dass die Geschichte noch nicht durchgestanden war.

Ich trat vor die Tür und ein herrlicher Morgen begrüßte mich. Dieses Wetter passte nicht zu meinem körperlichen Zustand, passte auch nicht zu meinem Gesichtsausdruck, als ich vor meinem demolierten DS stand. Den unglaublichen Frevel an dem Citroën hatte ich völlig verdrängt. Ich betrachtete den übrig gebliebenen Schrott und überlegte, was zu tun sei. Langsam erhellte sich in meiner schlechten Erinnerung, dass ich im Handschuhfach des DS ein Mobiltelefon haben müsste. Als ich die Beifahrertür öffnen wollte, fiel sie mir ohne Vorwarnung entgegen. Ein Teil des Autos, das nicht von den Vandalen in Mitleidenschaft gezogen wurde, war das Handschuhfach. Ich öffnete es und fand tatsächlich das Handy. Ich drückte den Ein-Knopf und das Display fragte mich nach einer PIN. Für jede bescheuerte Maschine braucht man heutzutage eine Personal-Identification-Number. Ob es ein Geldautomat, ein Mobiltelefon oder die Einkaufskarte für irgendeinen Supermarkt ist. Ich überlegte, welche Nummer nun zu dem doofen Handy gehörte. Mein Geburtsdatum gehörte zum Safe, der Geburtstag meiner Mutter zum Online-Banking, der meines Vaters war der E-Mail-Zugang. Ich kramte in meinem Geldbeutel. Eine der diversen Nummern im Zettelchaos musste die PIN zum Handy sein. Ich probierte die erste Zahl. Das Display meldete »Falsche PIN«. Ich konnte den Weg von Landau zum Aussiedlerhof der Wingerters doch nicht zu Fuß zurücklegen oder trampen. Zweiter Versuch. »Code angenommen«, ich atmete auf, um im gleichen Moment daran zu denken, dass keine fünfzig Meter von mir entfernt meine Wohnung mit einem Festanschluss lag. Die Schläge von letzter Nacht hatten scheinbar doch ihre Wirkung hinterlassen. Ich wählte die Nummer des ansässigen Taxiunternehmens, das zufällig sogar ein Taxi zur Verfügung hatte, und bestellte mir einen Wagen.

Eine viertel Stunde später hielt das Auto vor meiner Tür. Ein missmutig gelaunter Mensch, der aussah wie ein Dauerstudent, fragte mich, wohin ich wolle. Ich nannte ihm meinen Zielbahnhof. Ich schaute mir die Gestalt hinterm Steuer genauer an, als wir Richtung Nußdorf losfuhren. Strähnige lange Haare umrahmten ein ungepflegtes, verpickeltes Gesicht, das T-Shirt, das er trug, hatte seit Wochen keine Waschmaschine mehr gesehen, die Jeans sahen aus, als ob er die letzten zwei Tage auf dem Bau gearbeitet hätte. Die Ausdünstungen, die von ihm ausgingen, ließen im optimalen Fall maximal eine Kurzstreckenfahrt zu. Der Junge schien vor Jahren einem autonomen Jugendzentrum entwischt zu sein. Die Musik, die aus den Lautsprechern dröhnte, die jedoch nicht nachteilig war, bestätigte meine Annahme. Jim Morrison stellte vor seinem Publikum zum x-ten Mal fest »Father?« »Yes son.« »I want to kill You!«, »Mother, I want to f…« Ohrenbetäubende Rückkopplungen. Der 70er-Jahre-Freak war mir nicht mehr ganz so unangenehm, als die Doors nach der nächsten Whiskeybar fragten und wir das Anwesen von Julia erreicht hatten.

»15 Euro«, waren seine ersten Worte seit Landau. Ich gab ihm 20 und stieg aus dem Apomuseum aus.

Vorbei an einem gewöhnlichen Streifenpolizisten in einem gewöhnlichen Streifenwagen, der den Assistenten Beckers abgelöst hatte, ging ich zum Haus. Noch bevor ich es erreichte, öffnete sich die Tür und Julia stürmte mir in einem leichten Sommerkleid entgegen. Sie fiel mir leidenschaftlich um den Hals und gebärdete sich, als ob ich sie seit langer Zeit kenne und ich jahrelang im brasilianischen Urwald verschollen gewesen wäre.

»Philipp, ich habe mir solche Sorgen um dich gemacht!«

»Warum denn?«

»Dein Anruf, das Verhör und dann keine Nachricht mehr von dir – genügt das nicht?«

»Nein. Ich sagte doch, dass ich mich melden würde.«

»Überhaupt, ich habe dich wahnsinnig vermisst. Als ich eben das vorfahrende Auto hörte, habe ich gefühlt, dass du zu mir kommst.«

»Weibliche Intuition.«

Sie schaute mich an und sah, dass ich etwas lädiert war.

»Wie siehst du denn aus?«

»Das erkläre ich dir drinnen.«

»Komm schnell rein, ich mache uns einen Kaffee.«

Ich folgte ihr durch die Eingangstür und sofort nachdem die Tür ins Schloss gefallen war, küsste sie mich leidenschaftlich und begann, mir die Kleider vom Leib zu reißen. Ich war ziemlich wehrlos.

Meine kaputten Glieder meldeten sich, als ich mit meiner Unterhose in den Kniekehlen Julia wieder auf die Erde stellte. Ich musste schmunzeln, da ich im gleichen Moment an den legendären Samenraub von Boris Becker denken musste, der unnötigerweise monatelang die Gazetten beherrschte.

»Kaffee machen? Ah ja. Zum Glück wolltest du kein Menü zubereiten, denn ich habe wirklich nur wenig Zeit.«

»Arroganter Macho!«

»Lass uns in die Wohnung gehen, ich habe dir einiges zu sagen und auch eine Frage«, sagte ich zu ihr, als ich meine Hose wieder anzog.

»Du machst mich neugierig, komm schon rein.«

Mit großen aufgerissenen Augen schaute sie mich an, als ich ihr die Ereignisse des letzten Tages erzählte. Sie war wirklich eine umwerfend schöne Frau. Als meine Sprache auf den Überfall und das folgende Gemetzel bei Täuscher kam, schlug sie die Hände vor ihrem Gesicht zusammen.

»Zum Glück lebst du noch!«

»Sagen dir die Namen Giovanni Caprese aus Agrigento oder Paolo de Angelo aus Venningen etwas?«

»Die Namen höre ich zum ersten Mal, aber Hanno flog in den letzten Jahren öfters nach Italien. Er hat mir aber nie gesagt, wohin und warum.«

»Das werde ich herausbekommen.«

Vibke hatte ich vorsorglich bei meinen Erzählungen ausgelassen. Unbegründete Eifersuchtsszenen wollte ich mir ersparen.

»Wenn die ganze Sache ausgestanden ist, können wir auch ein paar Wochen nach Italien fahren«, schlug ich ihr vor.

»Liebend gerne, aber noch bin ich eine Mordverdächtige.«

»Nicht mehr lange, mein Schatz.«

Sie umarmte mich zärtlich und schnurrte wie ein Kätzchen.

»Warum habe ich dich nicht früher getroffen, dann wäre alles anders gekommen.«

»That's life.«

Ich küsste sie auf die Stirn und verabschiedete mich, um zu Antonio zu fahren. Vor der Tür fehlte mir zum zweiten Mal an diesem Tag mein Auto. Julia stand noch in der Tür und sah genau meinen suchenden Gesichtsausdruck. »Fehlt dir was?«

»Mein DS!«

»Tut's auch ein einfacher Golf?«

»Wenn's sein muss, hast du noch einen?«

»In der kleinen Halle stehen zwei, du kannst dir einen aussuchen. Die Schlüssel hängen an einem Sideboard hinter der Tür. Die Halle müsste offen sein.«

Ich ging über den Hof zu einer kleinen Halle, die direkt neben der Halle lag, in der Hanno Wingerter mit der Burgunderflasche kollidierte. Sie war tatsächlich nicht verschlossen. Ich öffnete einen Flügel des Tores und sah die Autos vor mir stehen. Ein GTi und ein Cabrio. Ich nahm das Cabrio.

In Venningen steuerte ich zuerst die Winzergenossenschaft an, da man mir dort bestimmt sagen würde, wo ich de Angelo finden könne. Meine Suche dauerte auch nicht lange, denn derjenige, den ich ansprach, war de Angelo selbst. Er hatte eine ziemlich finstere Ausstrahlung und wirkte auf mich sofort wir ein mafioser Gauner. Quer über seine Wange zog sich eine fette Narbe. Seine Kleidung bestand aus der üblichen blauen Winzerkluft. Er schaute mich missmutig an.

»Entschuldigen Sie, ich hätte einige Fragen an Sie.«

De Angelo gab keine Antwort und schaute mich ausdruckslos an. »Kannten Sie Hanno Wingerter?«

Keine Reaktion.

»Ist Ihnen der Name Caprese ein Begriff?«

Mein Gegenüber zuckte kurz zusammen, um danach seine ausdruckslose Miene weiter zu pflegen. Ich hatte einen Namen genannt, der ihn zumindest zucken ließ.

»Wollen oder dürfen Sie nicht mit mir sprechen?«

De Angelo gab keine Antwort, drehte sich um und ging davon. Alles, was ich von diesem unheimlichen Typen erfahren hatte, war, dass er selbst de Angelo sei. Hatte ich gerade mit Wingerters Mörder gesprochen?

Eine halbe Stunde später stand ich vor Antonios Feinkostladen. Er füllte gerade Auberginen in die Kisten seiner Auslage vor dem Geschäft. Sein jüngster Sohn beobachtete die Szenerie und bemerkte mich zuerst.

»Flottes Auto, auf Frauenfang?«

»Nein, zurzeit jage ich die Mafia.«

Antonio registrierte mich.

»Mach kein dumme Scherz über ernste Sache.«

Sein sizilianisches Pfälzisch war einmalig.

»Salve, Antonio, ich muss kurz mit dir sprechen.«

»Komm rein und trink ein italienisch Kaffee.«

Ich ging in den Laden.

Ich schilderte ihm die Lage und fragte ihn, wo Agrigento liegt.

»Agrigento liegt in Bella Sicilia, in meine Heimat.«

»Kannst du in Erfahrung bringen, wer Caprese ist?«

»Ich hab' eine Cousin in Agrigento, den ruf' ich gleich mal an.«

Antonio schnappte sein Handy und wählte ohne lange nachzudenken eine Nummer. Es folgte ein überschwänglicher Redeschwall auf Italienisch, erst erfreutes Lachen, dann eine nachdenkliche Miene. Antonio schaute mich besorgt an. Noch ein paar Worte in seiner Muttersprache, dann hörte ich ein vertrautes »Ciao«.

»Kauf lieber etwas ein, als mich nach Leute in Sicilia zu fragen.«

»Was ist los?«

»Caprese ist ein berühmter Mann in Agrigento. Er macht gute Wein und ist Bauunternehmer. Salvatore sagt, er ist so was wie Freund der Freunde. Das ist nicht gut für eine kleine Privatdetektiv aus Germania.«

Ich atmete tief durch. »Freund der Freunde« kannte ich aus diversen Mafiafilmen. Caprese musste ein großes Tier sein.

»Meinst du, dass ich mit ihm sprechen kann? Kann dein Cousin etwas arrangieren?«

»Salvatore kennt viele Leute in Agrigento, er kann. Aber Philippo, lass sein.«

»Antonio, ich muss mit Caprese sprechen, sonst weiß ich nicht, wie ich in meinem Fall weiterkommen soll. Bella mio ist unberechtigt mordverdächtig und ich möchte ihr unbedingt helfen.«

Als die Sprache auf Julia und Amore kam, änderte sich sein Gesichtsausdruck. Antonio entwickelte seine angeborene Hilfsbereitschaft. Für Amore war ihm nichts zu kompliziert.

»Ich ruf' gleich beim Reisebüro an und frage nach einem Flug nach Catania für zwei Persone.«

»Wieso zwei?«

»Wenn du nach Sicilia fährst, dann brauchst du eine Dolmetscher. Ich bin dein Consiglieri und flieg' mit.«

In so einer Situation durfte man Antonio nicht widersprechen. Er bemühte wieder sein Handy.

»Wann wolle wir los?«

»So schnell wie möglich und am besten wieder am gleichen Tag zurück.«

Antonio managte die Modalitäten souverän. Seit dreißig Jahren flog er mit dem gleichen Reisebüro jedes Jahr nach Sizilien. Zehn Minuten später sagte er zu mir, dass wir am nächsten Morgen um sechs Uhr einen Flug nach Catania hätten und am gleichen Tag um zehn Uhr abends wieder zurückkommen könnten.

»Kostet nur 149 Euro, ist keine Saison!«

Ich war beeindruckt. Nach einem weiteren Telefonat war auch geklärt, dass sein Cousin uns am Flugplatz abholt und versuchen würde, mit Caprese einen Gesprächstermin zu vereinbaren.

»Salvatore bekommt das hin, wenn er sagt.«

Er schenkte mir einen Averna ein und erklärte, dass wir um fünf Uhr morgens in Frankfurt sein müssen.

»Du holst mich um vier Uhr ab, ich kläre alles mit meine Geschäft. Aber ein Tag ist kein Problem.«

»Grazie ragazzo, das habe ich nicht erwartet.«

»Frage Antonio, alles geht, und für Bella Donna, ich lass Ätna ausbreche.«

Er schmunzelte mich an: »Will nicht schuld sein, dass du alles mache musst mit der Hand, wenn Raggaza in Gefängnis.«

Nicht weit von seinem Laden war mein Büro. Nachdem alles geregelt und abgesprochen war, begab ich mich ohne Umwege dorthin. Keine Post, außer den üblichen

Zeitungen, noch nicht einmal Werbung. Auch der Anrufbeantworter war leer. Ich entledigte mich meiner Beretta, da ich sie sowohl auf dem Fußballplatz als auch im Flugzeug nicht gebrauchen konnte. Dann wählte ich die Nummer von Julia, um sie zu informieren, dass ich einen Kurzurlaub mit Arbeitsauftrag auf Sizilien machen würde.

»Du bist doch nicht ganz klar im Kopf«, schallte es durch den Telefonhörer, »willst du dich auch noch umbringen lassen?«

»Vielleicht hilft dieser Trip, deine Unschuld zu beweisen. Dafür bezahlst du mich ja.«

Ein tiefer Seufzer machte mir klar, dass sie darauf keine Antwort wusste.

»Komm wieder gesund nach Hause, entlaste mich und dann fahren wir gemeinsam über die Alpen. Versprichst du mir das?«

»Ja, natürlich. Ich melde mich sofort, wenn ich wieder zurück bin.«

Ich dachte eine knappe Woche zurück. Ich sollte die Untreue einer Frau beweisen, mit der ich mittlerweile selbst die Betten zerwühlte. Kurz darauf war der Auftraggeber tot und ich in eine Sache hineingeraten, die eine Nummer zu groß war für mich. Den Auftrag von Julia nahm ich trotzdem an. Zwei weitere Leichen, brutale Ausschreitungen gegen mein Auto, Korruption und Schiebereien sowie ein anstehendes Treffen mit einem echten Mafioso.

Aber das Ganze hatte auch seine guten Seiten. Die Südpfalz war von einem ewig Gestrigen befreit, mein Geldbeutel war so dick wie der große Brockhaus und, was nicht zu unterschätzen war, ich hatte mich in eine atemberaubende Frau verliebt, die mir aus der Hand fraß.

Ich schlug die RHEINPFALZ auf, um mich mental auf das bevorstehende Fußballspiel vorzubereiten. Wenn unsere Jungs gewinnen, habe ich nicht viel von der anschließenden Meisterschaftsfeier, war mein erster Gedanke. Ich blickte auf die Uhr. In einer guten Stunde musste ich bei Franz sein. Zeit genug, um nach Hause zu fahren und die notwendigen Fanartikel mitzunehmen. Gedacht, getan, schloss ich mein Büro für eineinhalb Tage und fuhr zu meiner Wohnung. Es ist schon ein tolles Gefühl, »oben ohne« zu fahren, ich werde Franz anbieten, mit dem Golf nach Kaiserslautern zu düsen. Nachdem ich Schal und Mütze, die schon einige Jahre auf dem Buckel hatten, zusammengepackt hatte, legte ich mich kurz auf die Couch, um wenigstens etwas Augenpflege zu praktizieren. Ich erinnerte mich an die letzten zwanzig Jahre Betzenberg. Abstiegskampf, UEFA-Cup, Abstieg, Aufstieg, Meisterschaft, Champions League. Unsere Betzebuwe hatten uns schon manche Höhen und Tiefen geliefert. Für einen Provinzverein war das einiges, und ich wunderte mich still, dass die Ansprüche an den Club in Dimensionen schnellten, die er nicht auf Dauer erfüllen konnte. Die Fans sollten doch zufrieden sein, dass wir ab und zu in der Lage waren, die etablierten Vereine zu ärgern. Jetzt war wieder mal so eine Situation. Urplötzlich stach mir ein unangenehmer Geruch in die Nase – die Kalbsleber verweste in der Küche vor sich hin. Das Stück Innerei hatte mittlerweile eine lange Geschichte und ging, ob der wenigen Beachtung, die ich ihr schenkte, den Gang allen Seins. Ich stand auf, wickelte das arg ramponierte Teil in Papier und übergab es dem Restmüll. Ob ich jemals noch einmal zum Kochen kommen würde?

Franz war froh, dass er nicht fahren musste, und das Wetter ließ es zu, dass wir offen nach K-Town fahren konnten. Ich entschied mich, über Johanneskreuz zu fahren, da mich der Weg durchs Lambrechter Tal immer so depressiv machte, der Weg über die Autobahn zwar schnell, aber ein riesiger Umweg war. Ab Rinnthal befanden wir uns in einer kilometerlangen Autoschlange, die sich in Rot-Weiß das Wellbachtal hinaufschlängelte. Scheinbar war die ganze Pfalz auf Achse, um die fünfte Meisterschaft live zu erleben. Ab acht Uhr würden die Straßen in den Städten zwischen Koblenz und Wörth sowie Ludwigshafen und Zweibrücken leer sein. Anschließend gibt es entweder ein kollektives Landesfest oder betretenes Schweigen. Nach gut einer Stunde erreichten wir den Park & Ride-Parkplatz an der Universität. Das Spektakel konnte losgehen, zudem erwartete ich neue Informationen von Vorstandsmitglied Kempf.

Das Gedränge im Bus auf den höchsten Fußballberg Deutschlands war enorm, aber abwechslungsreich. Pure Vorfreude strahlte aus den Gesichtern und entsprechend waren die durchaus lustigen Kommentare zur laufenden Saison. Im Fokus des Spotts stand der scheinbar übermächtige FC Bayern München, dem die Provinzler aus der Pfalz zum wiederholten Mal ein Bein stellen konnten. 1991 hieß es »Lieber Betzenberg, als Effenberg« oder »Bayern ist laut, wir sind Lautern«, 1998 kam die Parole

»Wir haben fertig« und heute erst einmal »By by Bayern«. Der entsprechende Saisonslogan kommt bestimmt noch, nach Vollendung der erneuten Meisterschaft. Langsam kämpfte sich der Bus den Berg hinauf, oben angekommen beeilten sich die Stehplatzkarteninhaber, zu denen ich gewöhnlich auch zählte, ins Stadion zu kommen, um einen guten Platz zu erheischen. Ich ging dieses Mal gemütlich mit Franz Richtung Nordtribüne. Im V.I.P.-Bereich gibt es kein Gedränge. Zum ersten Mal bewegte ich mich in den Räumlichkeiten der »Oberen Zehntausend«. Ich hatte mir mehr erwartet. Schickimicki-Bienen summten neben Neureichen und anderen Dandys. Im Mittelpunkt des Interesses stand nicht etwa das anstehende Bundesligaspiel, sondern das in diesen Kreisen übliche »Sehen und Gesehen werden«. Ich schaute Franz an, und er verstand, dass dies nicht meine Welt war. Wir sicherten uns einen Platz am Fenster, da uns, neben dem Gespräch mit Kempf, das Spiel doch interessierte. Kempf war noch nicht zu sehen. Stattdessen wehrten sich verletzte Spieler gegen die oberflächlichen Begrüßungen und die Floskeln der selbstdarstellerischen Fußballlaien »Da kommt mein guter Freund, Spieler XYZ«. Die Bauern-Starlets kümmerte es auch wenig, ob ihr Gegenüber ein bekannter Fußballspieler war oder einfach nur Geld hatte. Die anwesenden Vorstandsmitglieder machten gute Miene zur leidlichen Situation. Eine schick gekleidete Hostess begab sich zu unserem Tisch und brachte uns die Getränkekarte. Sie musterte mich kritisch wegen meiner Mütze und des Schals. Igitt, ein echter Fan, so was gab es hier ja noch nie, war ihrem Gesicht abzulesen. Hier gab es kein Bier aus dem Plastikbecher und keine obligatorische Bratwurst, die zu meinem Stadionritual gehörten. Auf der Karte fanden sich nicht die besonders gut angesehenen Winzer aus der Pfalz, eher die Mittelklasse. Hanno Wingerter stand auch auf der Karte, war aber mit einem dicken Textmarker durchgestrichen. Hier war ich bestimmt richtig!

Ich bestellte mir einen Riesling von der Winzergenossenschaft Deidesheim. Wenn schon kein Plastikbier, dann aber das Beste, was die Karte bot. Die Speisekarte überflogen Franz und ich kurz, um dann auf typisch pfälzische Gerichte wie Gambas oder Belugakaviar zu verzichten. Kempf war immer noch nicht aufgetaucht, als ein bekannter FIFA-Schiedsrichter die Partie anpfiff.

Die Nervosität war den Spielern anzumerken. Es kam kein ernst zu nehmendes Fußballspiel auf. Etliche Ballverluste führten zu einem zerfahrenen Spiel im Mittelfeld. Dies steigerte sich, als Bayern in St. Pauli mit 1:0 in Führung ging. Aus der Westkurve schmetterte es schon nach zwanzig Minuten »Kämpfen, Lautern, Kämpfen«. Die frühen Durchhalteparolen bewirkten das Gegenteil. Nach fünfundzwanzig Minuten schoss van Lent nach einem wunderschönen Konter Gladbach in Führung. Punktgleichheit, und wegen des besseren Torverhältnisses hatten die Münchner nun die Nase vorn. Es kam Bewegung in den Eingangsbereich der Stadion-Gaststätte. Durch hochtoupierte, miniberockte Fußballhäschen kämpfte sich ein ziemlich abgehetzt wirkender Endvierziger in den Gastraum. Franz knuffte mich an und winkte dem Mann zu. Ich hatte kapiert, das war Kempf. Als er

Franz sah, bewegte er sich schnurstracks auf unseren Tisch zu. Franz hatte wohl alles genau arrangiert. Ich betrachtete den FCK-Vorstand. Grauer Anzug, blaues Hemd und eine gleichfarbige Krawatte. Gut rasiert mit einem altmodischen Schnauzbart. Wenig prägnante Gesichtszüge, eher ein Allerweltsgesicht. Mit kurzen, hastigen Schritten kam er näher.

»Hallo, Franz, tut mir Leid, dass es später wurde, ich hatte noch ein Gespräch mit einem Kunden.«

Kempf war im Zivilleben Steuerberater. Franz schüttelte ihm die Hand. Mir zugewandt fragte er: »Ist das dein Freund, der mit mir sprechen wollte?« Franz bejahte.

»Ich bestelle mir ein Glas Wein und bin sofort wieder bei euch.«

Er steuerte den Tresen an, bestellte und kam zurück. Bayern führte bereits 2:0, und auf dem heiligen Rasen der Pfalz tat sich herzlich wenig Berauschendes. Zum Halbzeitpfiff wandte sich Kempf direkt an mich und verkündete vielsagend:

»Junger Mann, Franz hat mich aufgeklärt, über welches Thema Sie mit mir reden wollen. Ich sage Ihnen gleich: Das, was ich Ihnen mitteilen kann, wird diesen Raum nicht verlassen. Ich hatte mit der Aromen-Geschichte genug Schwierigkeiten am Hals und bin froh, dass alles relativ reibungslos über die Bühne gegangen ist.«

Ich schaute ihn erwartungsvoll an.

»Passen Sie auf. Als wir hier feststellten, dass der gelieferte Wein nicht ganz astrein war, war der Ärger ziemlich groß. Zwar wissen die meisten hier nicht, was ihnen vorgesetzt wird, und es ist ihnen auch egal, trotzdem kommt der eine oder andere, der doch etwas Ahnung von unseren Rebensäften hat. Einen Weinskandal können wir uns deshalb auf keinen Fall leisten. Wie Sie wissen, haben wir uns als Austragungsort der Weltmeisterschaft beworben und sind auf jede Unterstützung angewiesen.«

Ich kombinierte und ahnte, was nun kommen würde.

»Wir haben Wingerter, nachdem der Nachweis im Wein hundertprozentig war, sofort angezeigt. Der damit befasste Staatsanwalt hat uns auch jegliche Diskretion versprochen. Er war heiß darauf, Wingerter in die Pfanne zu hauen, hatte aber keine hieb- und stichfesten Beweise. Ein Tag nach der Anzeige bekam ich einen Anruf aus Mainz. Ein überaus freundlicher Staatssekretär am anderen Ende der Leitung bemerkte nur nebenbei, dass eine Kleinigkeit, die unseren Wein betrifft, doch viel zu nichtig wäre, um die versprochenen Landeszuschüsse aufs Spiel zu setzen. Ich verstand ihn sofort. Hätte er in seiner Funktion im Landwirtschaftsministerium Wind gemacht, wäre unsere Region nicht in den Genuss gekommen, zumindest für zwei Spiele in den Fernsehern der Welt erwähnt zu werden.«

Ich erkannte die Zusammenhänge und fühlte mich bestätigt, dass sich Leute wie Kempf nicht von tumben Schlägern ins Boxhorn jagen lassen. Die Druckmittel hier waren subtiler und vor allem effektiver. Die Verbindungen, die Wingerter hatte, waren perfekt. Wäre die Sache mit den künstlichen Zusatzstoffen nicht aufgeflogen, würde der Betrug an den Gaumen von Unkundigen wahrscheinlich heute noch problemlos weiterlaufen. Konnte

Wingerter vielleicht für seine Geschäftspartner zum Risiko geworden sein? Haben sie ihn aus diesem Grund aus dem Weg geräumt und, clever wie sie sind, die Probleme in Wingerters Ehe ausgenutzt, um den Verdacht auf Julia zu lenken? Welche Rolle spielen die Italiener? Fragen über Fragen taten sich bei mir auf, als die zweite Halbzeit angepfiffen wurde und ich mein zweites Glas Deidesheimer Riesling bestellt hatte.

»Herr Kempf, warum Sie die Anzeige zurückgezogen haben, ist mir nun klar. Auch, dass Sie keinen großen Wirbel machen wollen. Doch einige Fragen hätte ich noch. Vielleicht können Sie mir noch etwas weiterhelfen.«

Kempf schaute gebannt aufs Spielfeld, weil unsere Jungs einen Freistoß aus etwa zwanzig Metern zugesprochen bekamen. Eine Sache für Super-Mario. Der Ball krachte ans Torkreuz und sprang weit zurück Richtung Mittellinie. Kempf wandte seinen Kopf kurz in meine Richtung.

»Fragen Sie.«

Ein Gladbacher Stürmer, dessen Name ich nicht kannte, nahm den Ball kurz vor der Mittellinie an, umspielte den letzten Mann der total aufgerückten Hintermannschaft und eilte schnurstracks auf unser Tor zu. Eine kurze Körpertäuschung, ein Schlenzer: 0:2. Die Meisterschaft war in weite Ferne entschwunden. Es war für Betzenbergverhältnisse ziemlich ruhig im weiten Rund, als ich zu Kempf meinte:

»Wer stand, außer den bereits bekannten Politikern, hinter dem Panscher?«

»Ich weiß nur, dass er Kontakte nach Italien hatte.«

»Sagen Ihnen die Namen Caprese oder de Angelo etwas?«

»Vor Monaten kam Wingerter mit einem Mann ins Stadion, den er als de Angelo vorstellte. Er sagte, dass de Angelo die Interessen von einem gewissen Caprese vertrete. Caprese sei ein Geschäftspartner aus Sizilien, mit dem er Marktstrategien erarbeite, pfälzischen Wein in Sizilien bekannt zu machen und umgekehrt. Der Italiener machte auf mich einen eher unheimlichen Eindruck. Sie haben sich lange und gestenreich unterhalten und das laufende Spiel überhaupt nicht wahrgenommen. Ich hatte den Eindruck, dass sie sich über irgendeine Sache uneins waren. De Angelo machte einen ziemlich ungehaltenen Eindruck.«

Ich nahm das Spiel trotz des Gesprächs wahr und sprang erfreut auf, als der eingewechselte Miroslav Klose den 1:2-Anschlusstreffer erzielte. Die Anzeigentafel zeigte jedoch auch, dass die Bayern schon 3:0 führten. Der Jubel legte sich.

»Haben Sie das Gespräch mitbekommen?«

»Nein«

»Können Sie sich vorstellen, dass Julia Wingerter ihren Mann erschlagen hat?«

»So, wie ich sie kennen lernte, auf gar keinen Fall.«

Wir wandten uns wieder dem Spielgeschehen zu. Es fand ausschließlich im gegnerischen Strafraum statt. Chance auf Chance ergab sich, und es bestand immer die Gefahr, in einen Konter zu laufen. Spannung pur. Neunzig Minuten waren zu Ende, Bayern hatte in St. Pauli 5:0 gewonnen. Das Fritz-Walter-Stadion brannte. Eckball

Basler, Ramzy verlängert am kurzen Eck, Stiel verfehlt, am langen Posten steht Miro, 2:2 in der 93. Minute. Kurze Diskussionen, Schlusspfiff, ausgelassene Freude auf den Rängen. Kempf war nicht mehr ansprechbar, er konnte mir sowieso nicht mehr weiterhelfen. Noch ein Punkt Vorsprung auf die Millionentruppe aus München. Am letzten Spieltag hatte der FCK immer noch alles in der Hand. Die Meisterschaftsfeier war erst einmal aufgeschoben. Franz und ich verabschiedeten uns und eilten zum Auto.

Kurz vor elf hatten wir Hainfeld erreicht. Ich bedankte mich bei Franz und schaute, dass ich schnell weiterkam. Ich hatte eine Verabredung mit Vibke, und um vier Uhr morgens musste ich bei Antonio sein. Eigentlich musste ich nicht mehr schlafen. Als ich im *Bäuerlein* ankam, saß Vibke bereits vor einem »Wein des Monats« und las die *TAZ*. Der Wirt musterte mich ungehalten.

»Könnt ihr nicht zu Hause trinken, ich mach' gleich zu.« Wenn er üble Laune hatte, scheute er kein direktes Wort.

»Kann ich dasselbe haben wie die junge Dame hier?«

»Ich weiß nicht, ob sie es hergibt.«

»Dann bitte das Gleiche.«

»Aber nur ein Glas, dann ist Feierabend.«

Ich nickte ihm freundlich zu und setzte mich zu Vibke. Ich schilderte ihr meine Tageserlebnisse, ohne sie zu überraschen. Nur mein spontaner Flug nach Sizilien ließ sie etwas nachdenklich werden.

»Bist du sicher, dass du das wirklich machen willst?«

»Ich muss, es ist die letzte Chance herauszubekommen, wer Wingerter auf dem Gewissen hat.«

»Meinst du Caprese bindet dir auf die Nase, dass seine geheuerten Auftragskiller Wingerter erschlagen haben? Wo lebst du denn? Wenn Caprese mit der Sache zu tun hat, enden dein italienischer Freund und du im Grundstein einer Autobahnbrücke oder im Hafenbecken von Agrigento mit modischen Betonschuhen.«

»Lass sein, ich werde das durchziehen, egal was passiert. Ich löse unseren Fall und werde mich dann ausgiebig Julia widmen. Sag mir lieber, was bei dir heute herausgekommen ist.«

»Wenn du meinst, es wäre aber wirklich schade um dich.«

»Was hat dir dein Zeitungsfuzzi Neues mitgeteilt?«

»Ich hatte erst einmal Schwierigkeiten, dass er mir nicht an die Wäsche ging. Die ganze Zeit wollte er mit mir in irgendein Hotel, um mir in Ruhe seine Neuigkeiten mitzuteilen. Was der mit Ruhe meint, weiß ich genau, ich hatte nämlich vor Jahren ein Verhältnis mit ihm. Er hat sich dann damit zufrieden gegeben, dass ich mit ihm essen gegangen bin.«

»Über dein vergangenes Liebesleben brauchst du mich nicht in Kenntnis zu setzen. Hat er irgendetwas gesagt, das uns weiterbringen kann?«

»In der Zusammenfassung seiner Ausführungen bleibt nur eines wichtig. Lohmanns Karriere im Ministerium hängt an einem seidenen Faden. Er scheint in allerlei dubiose Geschäfte verwickelt zu sein, die man ihm aber nicht nachweisen kann.«

»Was bedeutet das für unsere Geschichte?«

»Es kann sein, dass der gute Staatssekretär nervös ist. Ein kleiner, stichhaltiger Hinweis auf seine Machenschaften und er verbringt einige Jahre hinter schwedischen Gardinen. Es ist unter anderem auch von Geldwäsche die Rede.«

»Hat er Bimbes in irgendwelchen schwarzen Koffern, die er nicht kennt?«

»Wie gesagt, es ist ihm nichts nachzuweisen. Wir brauchen jemanden, der gegen ihn aussagt, dann ist er weg vom Fenster und höchstwahrscheinlich geht der gute Beigeordnete Sauer gleich mit.«

»Wieso?«

»Es ist allgemein bekannt, dass Lohmann, Sauer und der verschiedene Wingerter ein inniges Verhältnis zueinander hatten. Der Tod von Wingerter hat auch in Regierungskreisen für Wirbel gesorgt, obgleich dort die Schuld seiner Frau nicht angezweifelt wird. Wingerter hat jedenfalls ein Loch in das Geflecht gerissen, das scheinbar nicht so einfach zu flicken ist.«

»Dann kämen seine Freunde als Mörder eigentlich nicht in Frage.«

»Vordergründig ja, aber vielleicht war die aufgeflogene Aromensache ein zu großes Risiko für die anderen Geschäfte der ehrenwerten Herren. Das Machbare an Druck und Beziehungen könnte aufgebraucht gewesen sein und wer weiß, ob Wingerter nicht versucht hätte, seinen Kopf aus der Schlinge zu ziehen. Dafür hätte er vielleicht den ein oder anderen Freund über die Klinge springen lassen. Die Affäre war sein Ding. Die anderen haben nur abkassiert und ihn gedeckt. Sowohl Wingerter als auch seine Handlanger können nichts mehr sagen.«

»Bleiben die Geprellten«

»Nach deinen Erzählungen werden die einen Teufel tun, um Licht ins Dunkel zu bringen. Zudem hätten die Zeugen in erster Linie Wingerter belastet, und der ist ja bekanntlich nicht mehr zu belasten.«

»Nur Kempf hatte Kontakt zu Lohmann, die anderen mussten sich mit den Schlägern von Täuscher begnügen.«

»So ist es, und Kempf wird kein Wort verlieren, wegen dieser ganzen WM-Bewerbungsgeschichte.«

»Du siehst, meine Liebe, nur mein Ausflug nach Sizilien kann uns weiterbringen. Ansonsten stehen wir mit leeren Händen da.«

»Vielleicht hast du Recht. Was machen wir nun mit dem angebrochenen Abend? Ich wäre bereit, dir bis zum Abflug Gesellschaft zu leisten, wenn du das willst?«

»Gerne, hier gibt es noch einen alten Rockschuppen, der nicht verseucht ist von Computermusik. Dort können wir uns noch bis drei Uhr vergnügen.«

»Okay, für was anderes, vielleicht Schöneres, bist du ja unempfänglich. Die schöne Winzerin reduziert deine Libido zurzeit auf monogam. Ist auch nicht schlecht.«

Ich lächelte sie an.

»Das gleiche Spiel immer wieder. Die falsche Frau zum richtigen Zeitpunkt, die richtige zum falschen.«

Auch Vibke musste lächeln und gab mir einen Kuss auf die Wange.

»Feierabend, macht, dass ihr jetzt rauskommt, der Wein geht auf mich.«

Jetzt war es Zeit, schleunigst zu verschwinden, mein Bembelwirt wurde ungehalten. Es war bereits kurz vor Mitternacht.

Donnerstag, 3. Juni

Über den Rathausplatz, die Kronstraße und durch die Meerweibchengasse erreichten wir einen Ort meiner Jugend – das *MASH*. Einst war dieser dunkle Keller ein Magnet, der Jugendliche aus über einhundert Kilometern Entfernung anlockte. Zeitweise war man darin sicherer als in Fort Knox, denn jeder zehnte im Rockschuppen war ein Zivilbulle, der darauf aus war, große oder kleine Dealer zu erwischen. Jetzt war er ziemlich heruntergekommen. Nachdem der Rockschuppen schon einige Male geschlossen war, versuchte sich eine Technodisco darin zu etablieren, doch dazu war der Laden zu schäbig. Die Kids von heute haben es lieber schön, steril und gestylt. Es kommt nur noch auf die Äußerlichkeiten an, auch die Musik ist relativ egal. Eine Gruppe alter Freaks hat sich dann des Kellers angenommen und nun lief dort wieder die Musik für die Bivies.

Als wir die Treppen in das miefige Untergeschoss hinuntergingen, überkamen mich sofort grenzwertige Jugenderinnerungen. Cola-Rot, mit dem ich heute nicht mal mehr die Blumen gießen würde, aus Drei-Liter-Asbachflaschen, Nächte vor den überdimensionalen Basslautsprechern und erste Kontakte mit dem anderen Geschlecht in dunklen Ecken. Passend schallte uns, nachdem wir den Türsteher passiert hatten, Gypsy Queen von Uriah Heep entgegen. »I was only seventeen, I fell in love with a Gypsy Queen, she told me, hold me ...« Wir bestellten uns zwei Bier und gingen in das Innere der Katakombe. Ein Evergreen jagte den nächsten. Zappa, Stones, Genesis, Supertramp, Dire Straits und viele andere Veteranen unserer Jugend. Wir gaben uns der Musik hin, denn an eine Unterhaltung war nicht im Entferntesten zu denken. Die Zeit verging wie im Flug, und auch Vibke war von den Oldies angetan. Sie tanzte ausgelassen und fröhlich, und beide vergaßen wir den ganzen Schlamassel um uns herum. Pünktlich um halb vier gingen die Lichter an und die Musik verstummte. Ziemlich zufrieden verließen wir den Laden und schlenderten Arm in Arm Richtung Antonio.

Antonio stand bereits vor der Tür bei seinem Lancia und wartete.

»Pünktlich wie die deutsche Feuerwehr. Stell mir mal die schöne Frau an deiner Seite vor!«

»Vibke, Antonio. Antonio, Vibke, sie arbeitet als Journalistin und ist an der gleichen Sache wie ich.«

»Wäre mir eine liebere Reisebegleitung als du.«

»Das geht leider nicht, mein Lieber, sie muss hier die Stellung halten und neue Informationen beschaffen. Antonio, ich glaube, wir müssen los.«

»Avanti amico, Sicilia wartet auf uns.«

Ich umarmte Vibke und bat sie, mir Glück zu wünschen.

»Pass auf dich auf, Schnüffler. Viel Erfolg.«

Mich überkam fast so etwas wie Abschiedsschmerz. Ich dachte kurz an die gleiche Wellenlänge und die richtigen und falschen Zeitpunkte. Doch ich ignorierte das sentimentale Getue und setzte mich zu Antonio ins Auto. Wir hatten die Stadtgrenze noch nicht erreicht, da schlief ich schon einen tiefen, traumlosen Schlaf. Im Flugplatzparkhaus Frankfurt knuffte mich Antonio an.

»Aufwachen, es geht los!«

Der riesige Flugplatz war fast menschenleer. An einem Flugsteig standen einige Gastarbeiterfamilien und warteten auf den Abflug der Maschine nach Antalya. Herzliche Abschiedsszenen spielten sich ab. Wir gingen auf unseren Abfertigungsschalter zu. Die adrette Hostess schaute komisch, als wir ihr erklärten, dass wir kein Gepäck hätten.

Ich zog meine dicke, schwarze Sonnenbrille auf, schob sie auf die Nasenspitze, schaute auffällig wichtig und sagte ihr: »Wir fliegen heute Abend wieder zurück. Geschäfte, Sie verstehen.«

Sie lächelte unsicher und gab uns unsere Boardingcard. Wir suchten den richtigen Zugang und checkten ein. Im Warteraum überkam mich wieder die Müdigkeit. Doch zum Schlafen war keine Zeit, denn die Boing von Allitalia war schon fast abflugbereit. Bereitwillig überließ ich einer hübschen jungen Frau meinen Fensterplatz, da ich genau wusste, was innerhalb von fünf Minuten passieren würde. Ich schlief.

Als mein Kopf unsanft gegen die Kopfstütze schlug, wurde ich wach. Landeanflug, die Maschine setzte auf. Einigermaßen erholt schaute ich an der jungen Frau vorbei aus dem Fenster. »Ciao Sizilien«, dachte ich mir. Antonios Augen begannen zu glänzen. Trotz der frühen Tageszeit war es schon ziemlich warm, als wir das Flugzeug verließen. Die Passkontrolle entfiel dank Schengen. Wir gingen sofort aus dem Flughafengebäude und Antonio steuerte zielsicher einen Fiat 600 an.

»Buon giorno, Sandro.«

Er umarmte und küsste seinen Cousin auf die Wangen.

»Se a Philippo, ich habe dir erzählt.«

Ich kombinierte, Sandro verstand Deutsch. Er schüttelte mir die Hand.

»Buon giorno.«

Sie unterhielten sich kurz auf Italienisch und Antonio übersetzte mir, dass unser Termin mit Caprese gegen zwei Uhr sei.

»Wir brauchen, wenn die Straßen frei sind, etwa zwei Stunden nach Agrigento. Wir können bis Caltanissetta Autobahn fahren, dann müssen wir den restlichen Weg auf die Landstraße.«

»Bene, andiamo.«

»Wenn wir angekomme sind, essen wir erst einmal bei meine Tante, sie hat typisch sizilianische Essen vorbereitet. Mit volle Bauch kann man besser verhandle.«

Ich quetschte mich auf den Rücksitz des Fiat. Die Fahrt ging los. Sandro gab mir eine Einführung in die Landeskunde, speziell ging er auf die Gegend um Agrigento ein, die eines der Zentren des sizilianischen Weinbaus und des Baubooms ist.

Caprese, so Sandro, betreibe neben seinem Weinbau ein gut florierendes Bauunternehmen. Agrigento sei bekannt für seine rege Bautätigkeit, bereits 500 vor Christus habe der griechische Philosoph Empedokles von den Bürgern Agrigentso behauptet, sie bauten Häuser, als würden sie ewig leben. Die Geschichte der Stadt sei eine Geschichte des Bauens. Hochhäuser am Strand, moderne Bungalows unter dem Tempel der Concordia. Die Bauunternehmer in Agrigento seien wichtiger als der Bürgermeister, der sowieso von ihnen abhängig sei. Die Lobby der Baulöwen habe alles in der Hand.

»Die Mafia von heute ermordet niemanden mehr wegen Kleinigkeiten, sie hat die moderne Art des Geldverdienens gelernt. Schutzgelder erpressen nur noch Anfänger, die im Drogengeschäft sind Kriminelle, die man überall findet. Der neue Mafioso macht Geschäfte mit Land, Grundstücken und Autobahnen. Er sitzt in der Politik und in der großen Wirtschaft.«

Sandro führte weiter aus, dass der Reichtum Agrigentos mit Zement dokumentiert sei. Meist ohne Baugenehmigung sei der gesamte Küstenstrich mit Zweitwohnungen, Hotels und Restaurants zugebaut. Das sei das eigentliche Geschäft von Caprese, der zu den mächtigsten Männern des antiken Agragas gehöre. Weingeschäfte brächten ihm nur zusätzliche Profite. Und Profit sei das Wichtigste, was ihn interessiere.

Sandro arbeitete ab und zu für Caprese und hatte einen guten Leumund bei Capreses Geschäftsführer. Deshalb war es auch kein Problem, einen Gesprächstermin zu vereinbaren. Antonio setzte ein Siegerlächeln auf, als wir die Stadtgrenze von Agrigento passierten. Durch die Erzählungen und Lobeshymnen auf Sizilien, die Antonio immer wieder einschob, ist die Fahrt wie im Flug vergangen, obwohl wir doch zwei und eine halbe Stunde brauchten. Um elf Uhr betraten wir das Haus seiner Tante. Überschwängliche Begrüßungsarien und dann gleich an den gedeckten Tisch. Endlich mal wieder anständig essen, dachte ich. Wehmut schlich sich kurz ein beim Gedanken an meine entsorgte Kalbsleber, doch was dann kam, ließ mich alle vergangenen Essen vergessen.

»A Tavola si scordano li trivuli«, sagte Tante Loretta. Bei Tisch vergisst man seine Nöte. Als Antipasta servierte sie Caponata in einer Schale aus Terrakotta. Caponata ist eine typische sizilianische Vorspeise, die aus frittierten Auberginen und Sellerie in einer Soße aus Zwiebel, Tomaten, Kapern und Oliven zusammengestellt ist. Zum Schluss kommen noch Essig, Zucker und frische Basilikumblätter hinzu. Ein Gedicht. Dazu gab es Patate e Ricotta in Polpette, Klößchen aus Kartoffeln und Ricottakäse. Der erste Gang war eine traumhafte Pasta con le Sarde. Das Wichtigste an dieser Speise ist der wilde Fenchel, den man in unseren Gefilden sehr selten erhält. Die Sardinen werden mit dem Fenchel, Zwiebeln, Sultaninen, Pinienkernen und gerösteten Mandeln angerichtet. Als Hauptgang servierte Loretta den Fisch Siziliens, den Schwertfisch, als Pesce Spada al Forno nur mit Pfeffer, Salz, Oregano und Olivenöl. Dazu aßen wir Weißbrot und tranken einen herrlich frischen Weißwein aus der Region, dessen Namen ich noch nie gehört habe. Wer verbindet schon Sizilien mit guten Weißweinen? Das Essen zog sich zwei Stunden hin. Auf die Nachspeise, Dolce mit kandierten Früchten, Ricottakäse und Biskuitteig namens Cassata siciliana verzichtete ich, da ich total satt war. Langsam wurde es auch Zeit, an das Gespräch mit Caprese zu denken, und eine halbe Stunde Ruhepause benötigte ich schon nach diesem opulenten Essen. Ich trank noch einen Averna und begab mich in einen Liegestuhl, um vor mich hinzudösen.

Caprese wohnte in einem gigantischen Herrenhaus oberhalb der Stadt. Durch enge Gassen chauffierte uns Sandro den Berg hinauf. Hupen, bremsen, Gas geben. Die Häuser um uns herum wurden weniger und immer größer. Capreses Palast lag am höchsten und war am größten. »Hier schienen die Hierarchien klar zu sein«, schoss mir durch den Kopf. Durch ein gusseisernes Eingangstor fuhren wir auf die Villa zu. Überall im Garten standen, liefen und saßen finster dreinblickende Männer. Alles in allem war der Anblick nicht sehr vertrauenerweckend. Mir lief der Schweiß literweise übers Gesicht. Hatte ich Angst oder war es nur die enorme Hitze, die ein großer Kontrast zu dem Wetter in der Pfalz war? Wir stoppten vor dem von drei Mann bewachten Hauseingang. Antonio und ich stiegen aus, Sandro blieb im Wagen. Selbstsicher ging Antonio auf die Wachen zu.

»Wir haben einen Termin mit Signore Caprese.«

Einer der Hünen ging ins Haus, die anderen beiden tasteten unsere Körper ab. Kurz darauf erschien der Riese im Hauseingang und winkte uns zu. Wir begaben uns in die Höhle des Baulöwen.

War das Haus schon von außen ein Traum, war es im Inneren das Marmor gewordene Paradies. Hier musste halb Carrara verarbeitet sein. Alles strahlte in Weiß, an der Wand arabische Wandteppiche neben Gemälden von van Gogh und Dali. Ein Treppenaufgang wie in Sanssoussi, Kronleuchter, wie sie die Queen von England nicht besitzt. Das ganze Haus war der ausgestellte Reichtum. Wie konnte ein Bauer wie Wingerter mit einem Mann wie Caprese ins Geschäft kommen? Wingerter musste Vorzüge gehabt haben, die selbst einem marmorsteinreichen Baumafioso aus Agrigento genutzt haben mussten, oder wurde Wingerter nur von Caprese benutzt? Ich war sehr gespannt, als ich die Treppen erklomm. Wir traten in ein Büro, das dem Spiegelsaal von Versailles gleichkam. Mitten im Raum stand ein riesiger Schreibtisch aus Eichenholz, dahinter in einem thronähnlichen Stuhl saß ein Mann mit Bauch. Weißer Anzug, schwarzes Hemd, italienische Maßschuhe mit weißen Gamaschen. Der angedeutete Oberlippenbart fiel kaum auf. Don Caprese musterte uns aus diebisch blinzelnden Augen, die tiefschwarz schienen. Mit einer kurzen Handbewegung orderte er die Bodyguards aus dem Raum, mit dem gleichen Wink wies er uns einen Platz in einer barocken Sofaecke. Er erhob sich aus seinem Thron und watschelte nicht sehr herrenhaft zu uns heran. Das Gewicht forderte seinen Tribut. Er nahm in einem Sessel Platz und schwieg. Ich kam mir in meinen Jeans wie ein Stalljunge vor, der gerade das Paradepferd des Maestro ausgemistet hatte.

»Buon giorno Signori, was kann ich für Sie tun?«

Er stellte uns eine Frage, die mich normalerweise nicht stumm bleiben ließ, doch mein Sprechmuskel versagte in diesem Moment. Antonio erkannte die Situation und ergriff das Wort.

»Don Caprese, entschuldigen Sie, dass wir Ihre knappe Zeit in Anspruch nehmen. Mit allem Respekt vor Ihnen und Ihrer Familie hätte mein junger Freund einige Fragen an Sie. Er hat zu Hause eine große Liebe und diese Liebe ist in Gefahr, weil die Frau seines Herzens unter einem schweren Verdacht steht. Die Polizei, mit der wir alle nichts zu tun haben wollen, verdächtigt die schöne Frau, ihren Mann ermordet zu haben. Der Mann wiederum war ein Geschäftsfreund von Ihnen, geschätzter Don Caprese. Mein junger Freund erhofft nun, dass Sie ihm weiterhelfen können, damit er die geliebte Frau entlasten kann. Er ist nämlich ein privater Ermittler und soll ihre Unschuld beweisen.«

»Warum kommen Sie zu mir?«

»Wer sonst sollte in der Lage sein, meinem Freund aus Deutschland zu helfen, wenn alle anderen versagen?«

»Es geht um Hanno Wingerter, wenn ich mich nicht täuschen sollte.«

»Ja.«

»Ich habe eigentlich schon darauf gewartet, dass jemand aus Deutschland auf mich zukommt, um nach Hanno Wingerter zu fragen. Ich habe aber nicht mit Leuten wie Ihnen gerechnet, eher mit der Polizei. Aber egal, ich werde Ihnen erzählen, was ich weiß, weil ich Respekt vor Ihrer Courage habe und hoffe, die unangenehme Sache mit Ihrer Hilfe aus Sizilien fern halten zu können. Ich tue Ihnen einen Gefallen, Sie werden mir einen Gefallen tun.«

Ich kam mir vor wie in der Originalversion von »Der Pate«. Der Mann im weißen Anzug sprach leise und überlegt. Was würde nun kommen? Ich überließ Antonio die Konversation.

»Gut, das ist ein faires Geschäft.«

»Ich mache seit Jahren schon Weingeschäfte mit ihm. Wir wollten meinen Wein in Deutschland einführen, und er sollte seinen Wein in Italien bekannt machen. Doch Wingerter war gierig, er wollte mit wenig Aufwand das große Geld machen. Ich habe ihm gesagt, er solle Geduld haben. Doch Wingerter hatte Freunde, die für meine Geschäfte sehr wichtig waren, und ich tat ihm den Gefallen und habe ihn mit Personen aus Südtirol bekannt gemacht. Keine guten Menschen, eine Schande für Italien. Doch Wingerter wollte es so und versprach mir Profit. Was sollte ich tun?«

»Haben diese halben Österreicher guten Wein aus Italien mit Dingen behandelt, die man eigentlich nicht in Wein verarbeitet?«

»Auch deutschen Wein, selbst wenn es da nicht so schlimm ist.«

Caprese machte eine abfällige Handbewegung.

»Die Leute aus Südtirol kannten wiederum einen kleinen Winzer namens Täuscher aus der Gegend von Wingerter, mit dem sie ihn bekannt machten. Wingerter hat ihn gekauft und er hat die Geschäfte gemacht. Ich habe aber gehört, dass dieser Mensch keine Geschäfte mehr machen kann.«

Ich kombinierte, dass Wingerter über Capreses Kontakte mit Täuscher ins Geschäft kam.

»Es ist nicht gut, was in Deutschland passiert ist, es schadet meinem Namen. Ganz Deutschland wird wieder von Mafia reden, wenn ich mit Wingerter in Verbindung gebracht werde. Das ist nicht gut für das Geschäft.«

»Don Caprese, wissen Sie etwas über den tragischen Tod von Wingerter?«

»Nein, da kann ich Ihnen nicht weiterhelfen. Wir bringen keine Geschäftspartner um. Wingerter war dumm und ehrgeizig, eine fatale Kombination, aber er hat meine Provisionen immer rechtzeitig bezahlt. Soll ich eine Kuh, die Milch gibt, schlachten?«

»Welchen Dienst sollen wir Ihnen erweisen, Don Caprese?«

»Jetzt, wo ich mit Wingerter keine Geschäfte mehr machen kann und sowieso meine Interessen in Deutschland nicht mehr vorhanden sind, käme es mir ungelegen, in die Sache verwickelt zu werden. Sie wissen, ich bin Bauunternehmer und ich plane gerade ein großes Hotel in Taormina. Ich erwarte Zuschüsse aus Brüssel, Sie wissen, zur Ankurbelung der Wirtschaft in Süditalien, deshalb kann ich mir keine Schwierigkeiten in Deutschland erlauben. Die Freunde von Wingerter können mir nichts anhaben, doch ein kluger Mann muss vorausschauend handeln. Ich möchte mich von meinen Geschäftsfreunden in Südtirol und allen Verbindungen in Ihrem Land trennen. Das ist nicht persönlich gemeint, es dient nur dem Geschäft.«

»Wie können wir Ihnen helfen?«

»Ich habe Papiere und einen Freund in Deutschland, der mir noch einen Gefallen schuldig ist. Die Papiere sind von Leuten unterschrieben, die wichtig sind in Ihrem Land. Es wäre gut für mich und meine Geschäfte, wenn diese Leute ein paar Jahre verschwinden und danach nicht mehr so wichtig sind. Ich habe mir seit langem überlegt, wie ich das anstellen soll. Als mein Geschäftsführer mir erzählte, dass Männer aus Deutschland mit mir reden wollen, hatte ich die Idee, die Papiere vielleicht weiterzugeben. Deshalb habe ich Ihnen erlaubt, mit mir zu sprechen.«

Für Vibke und ihre Story könnte der Besuch bei Caprese wirklich interessant sein, in meinem Fall hat sich jedoch nicht sehr viel getan. Caprese wollte sich mit unserer Hilfe aus der Schusslinie ziehen und sich einiger Leute entledigen. Mit dem Mord an Wingerter hatte er aber scheinbar nichts zu tun.

Ich war genauso weit wie vor meinem Flug nach Sizilien, außer dass ich gut gegessen hatte und Vibke unter Umständen erfreuen könnte. Es lag aber auch in meinem ureigenen Interesse, die widerlichen Weinpanscher aus dem Verkehr zu ziehen, deshalb war meine Italienreise doch nicht so unnötig. Doch wer war der Mörder von Wingerter, wenn nicht die ehrenwerte Gesellschaft ihre Hände im Spiel hatte? Caprese klatschte in die Hände, und ein nickelbebrillter, schmächtiger Mann betrat den Raum. Nach kurzen Anweisungen verließ er das Zimmer, um Minuten später mit einer Mappe wieder zu erscheinen. Caprese reichte die Mappe an Antonio weiter, der sie gleich an mich weitergab. In diesem Moment kam ich mir ziemlich wichtig vor. Ich öffnete die Mappe und sah zuerst das Wappen von Rheinland-Pfalz. Einfuhrpapiere für künstliche Aromen aus Südtirol zum Gebrauch bei der Likörherstellung, unterschrieben von Staatssekretär Lohmann. Gültig für den Kreis Südliche Weinstraße im Arbeitsbereich vom Kreisbeigeordneten Sauer. Empfänger: Täuscher, Seidel, Wingerter und noch einige Namen, die mir wenig sagten. Bingo, Vibke hatte ihre Geschichte.

»Mein Freund in Deutschland«, Caprese erhob erneut seine Stimme, »wird den zuständigen Behörden erklären, was mit dem verbotenen Zusatz wirklich passiert ist. Er ist zwar selbst in die Sache verwickelt, doch er hat keine Probleme damit, als Kronzeuge strafmildernd behandelt zu werden. Seine Familie lebt in Sizilien und wird, wenn er vielleicht ins Gefängnis muss, gut versorgt sein.«

Caprese sicherte sich nach allen Seiten ab, die nationalistischen Subjekte in Südtirol würden in einem Rutsch mitbelastet und ebenfalls verschwinden. Dass es auch in Zukunft keine Weine von Caprese in Deutschland geben würde, störte ihn weniger, er dachte im Moment nur noch an sein Hotelprojekt, das offensichtlich mehr Gewinne abwerfen würde. Meine Suche nach dem Mörder von Wingerter kam ihm sehr gelegen. Ohne offizielle Wege beschreiten zu müssen, löste er seine Probleme. Meine blieben. Er gab uns einen Briefumschlag mit der Adresse von de Angelo in Venningen und schaute uns befriedigt an. Zum ersten Mal sprach ich ihn direkt an, denn ich konnte nicht glauben, dass er mir bei meinem Fall nicht helfen kann.

»Können Sie mir wirklich nicht weiterhelfen, was den Tod von Wingerter angeht? Wirtschaftsverbrecher und Weinpanscher ans Messer zu liefern ist eine Sache, doch der Verdacht, der auf meiner Mandantin liegt, ist eine andere Sache. Mir ist es ein wichtiges persönliches Anliegen, meinen Fall zu lösen.«

Antonio übersetzte widerwillig.

Caprese schaute mich scharf an. »Junger Mann, seien Sie nicht respektlos. Ich glaube, ich habe Ihnen genug geholfen. Mit dem Tod von Wingerter habe ich nichts zu tun und ich kann Ihnen auch nicht sagen, wer damit zu tun hat.«

Antonio wies mir mit den Augen den Weg zur Tür. Ich verstand. Antonio stand auf, ging zu Caprese und küsste seine Hand.

»Entschuldigen Sie die ungestüme Art meines jungen Freundes, er ist die Sitten in unserem Land nicht gewohnt. Vielen Dank für Ihre Hilfe und Ihr großes Verständnis, ich werde jedem, der mich kennt, berichten, wie großzügig Don Caprese ist.«

Antonio hatte die Situation gerettet. Ich verabschiedete mich brav von dem sizilianischen Bauunternehmer, und wir verließen den Palast in Agrigento, ohne dass ich einen Schritt weitergekommen wäre. Vibke würde zwar ihre Enthüllungsstory bekommen, aber Julia würde, wenn es nach Kommissar Becker geht, ohne meine entlastende Hilfe die nächsten fünfundzwanzig Jahre in Frankenthal verbringen.

Trotz meiner Niedergeschlagenheit hatte ich auf dem Rückweg zum Flughafen Catania die Ruhe, mir die grandiose Landschaft Innersiziliens näher zu betrachten. Sandro brachte uns nach unserer Unterhaltung nochmals zu Tante Loretta, die uns für die Rückreise einige Panini gerichtet hatte. Antonio verabschiedete sich von ihr, und schon saßen wir im Auto und fuhren auf der Landstraße Richtung Caltanissetta. Ich dachte während der Fahrt an die Worte von Goethe, der schon in seiner »Italienischen Reise« nachhaltig betonte, dass Italien ohne Sizilien kein

Bild in der Seele macht. Zentralsizilien, das wir gerade durchfuhren, ist ein gewelltes Hügelland, eine sich ständig abwechselnde Landschaft mit bizzaren Felsenformationen. Die Autobahn trennt das weite Getreideland in zwei Hälften. Je näher man Catania kommt, umso imposanter näherte sich auch das Ätnamassiv. Durch einige große Ausbrüche in den 80er Jahren prägt der Vulkan die gesamte Landschaft. Von hier kommen hervorragende Früchte und mit der beste Wein Siziliens. In Catania angekommen war ich froh, dass wir, nachdem wir den chaotischen Verkehr der Innenstadt passiert hatten, den Flughafen erreichten. Lässt man Catania außen vor, ist Sizilien immer eine Reise wert. Ich notierte mir die Insel in mein Reisezielnotizbuch. Es könnte ja sein, dass ich irgendwann hierher zurückkommen würde. Doch jetzt freute ich mich auf die schöne Pfalz. Über meine Reisebetrachtungen hatte ich völlig vergessen, dass ich mir ernsthafte Gedanken machen musste, wie ich Julia von dem schweren Verdacht befreie. Hier war ich in eine Sackgasse geraten, die zwar interessant, aber für meine Ermittlungen recht dürftig war. Wir verabschiedeten uns herzlich von Sandro, bedankten uns für seine große Hilfe und bestiegen das Flugzeug. Nach einem ruhigen Flug erreichten wir nach gut zwei Stunden Frankfurt. Je näher wir Landau kamen, desto deprimierter und stiller wurde ich.

Als wir vor dem Laden Antonios ankamen, wartete Vibke bereits auf uns. Sie fiel mir um den Hals, ich gab ihr wortlos die Unterlagen. Antonio machte ein besorgtes Gesicht und sah mich entschuldigend an. Ich dankte ihm für seine überaus große Hilfe und versicherte ihm, dass er alles getan habe, um mir aus meiner schwierigen Situation zu helfen. Ich verabschiedete mich von ihm, ohne zu vergessen, ihn und seine Frau zum Essen einzuladen, und bat Vibke, mich auf dem schnellsten Weg nach Hause zu fahren. Ebenso wortlos, wie ich ihr die für sie so wichtigen Unterlagen übergab, fuhren wir zu meiner Wohnung. Dort angekommen machte sie keine Anstalten, mit mir ein Gespräch zu beginnen, sie spürte, was mit mir los war – gleiche Wellenlänge und so weiter. Sie beschäftigte sich mit den Unterlagen und machte sich Notizen, ich trank eine halbe Flasche Nardini und schob eine Marillion-CD in den Player. »I never want to broke Your heart, but You broke mine …« Sinnlos, ich stand dort, wo ich schon einige Male in meinem Leben, nicht nur beruflich, stand – am Anfang. »It seems to be another broken rendezvous …«

Ich stand wankend auf, ging zu Vibke, streichelte ihr übers Haar und mit grappagebrochenen Augen sagte ich ihr gute Nacht. Was würde der nächste Tag bringen? Hatte ich tatsächlich versagt? Ich musste mir eine neue Strategie überlegen, wo ich nun ansetzen musste, um den Fall zu einem guten Ende zu bringen. Das bedeutet im Klartext, Julia beweiskräftig zu entlasten. Das war ich meinem Beruf und meiner Beziehung zu Julia schuldig. Julia, das wusste ich in diesem Moment genau, werde ich erst nach einer überschlafenen Nacht anrufen. Sie sollte lieber aus Sorge über mich nicht schlafen, als in Sorge die nächsten Jahre nur mit Frauen in gestreiften Anzügen verbringen zu müssen.

Freitag, 4. Juni

Ich hatte lange geschlafen, niemand erweckte mich aus meinen verworrenen Träumen. Schlaftrunken wankte ich an die Kaffeemaschine. Die Kanne war halb voll. Ich trank eine halbe Tasse und begab mich in mein Wohnzimmer, wo Vibke konzentriert vor ihrem Laptop saß und schrieb. Sie war so in ihre Arbeit vertieft, dass sie mich überhaupt nicht wahrnahm.

»Guten Morgen, Enthüllungsjournalistin!«

Sie schreckte auf, um mich jedoch gleich anzulächeln. Bezaubernd.

»Hallo, Mafiaschreck!«

»Lass mich noch eine Tasse Kaffee trinken, dann bin ich ansprechbar.«

»Ich mache dir frischen, der da draußen steht schon seit sechs Uhr. Setz dich hin und komm erst mal zu dir.«

Ich widersprach nicht und gab mich ihrer Fürsorge hin. Ich blätterte gedankenverloren im Programmheft und ärgerte mich nicht einmal über die siebenundvierzigste Wiederholung von »Krieg und Frieden«, als mir Vibke den frischen Kaffee unter die Nase hob. Ich trank ihn und rauchte eine Zigarette. Langsam kamen die Lebensgeister wieder zurück. Ich schaute Vibke an, die wieder an ihrem Computer saß. Sie hämmerte ein letztes Mal auf die Tasten, dann kam ein erleichtertes »Fertig!«

»Lohmann kommt aus dieser Sache nicht mehr heraus, Sauer kann gleich mitgehen, nur Wingerter kann niemand mehr belangen.«

Ich ließ mir von ihr die Zusammenhänge erklären.

Wingerter hatte vor ungefähr drei Jahren den ersten Kontakt mit Caprese. Tatsächlich begann das Geschäft zwischen den beiden legal. Sie wollten gegenseitig ihre Weine im jeweiligen Land vermarkten. Diesen Teil der Geschichte hatte sie aus ihrem Bericht herausgelassen, da Caprese die notwendigen Unterlagen und einen Belastungszeugen bereitstellte. Sie wollte weder Antonio, noch mich, noch unsere Familien in unnötige Gefahr bringen, zudem Caprese ab einem bestimmten Zeitpunkt nicht mehr offiziell auftauchte. Sie wusste genau wie ich, dass der Sizilianer nur die agierenden Personen an seinen Marionettenfäden führte und seine »Provisionen« kassierte. Vor ungefähr einem Jahr tauchten dann die Südtiroler sowie Täuscher und Seidel auf. Offiziell hatte Täuscher den direkten Kontakt nach Norditalien, sein Verbindungsmann war Paolo de Angelo, der Kellermeister aus Venningen. Für de Angelo hatten wir von Caprese das Schreiben in italienischer Sprache erhalten. De Angelo war anscheinend »Kontrolleur« vor Ort. Die angeblichen Winzer aus der Bozener und Meraner Gegend lieferten sowohl Verschnittweine, in diesem Punkt hat Täuscher nicht gelogen, aber auch Aromen nach Deutschland, konkret in die Südpfalz. Einige Fuder der Verschnittweine waren schon mit Aromen versetzt, wie handschriftliche Anmerkungen an einigen Lieferscheinen zeigten. Durch die offiziellen Papiere aus Mainz, die die Unterschrift von Lohmann trugen, kamen die LKWs durch alle Kontrollen unbehelligt durch. Eventuelle Nachkontrollen vor Ort verhinderte der Beigeordnete Sauer. Über das

Vertriebsnetz von Wingerter wurden die Weine weitergeleitet. In verschiedenen Supermarktketten, die die verseuchte Brühe palettenweise bekamen, ist der Schwindel entweder nicht aufgefallen oder man hat den Skandal der Kunden wegen nicht ausbrechen lassen. Auf jeden Fall sind zwei Ketten aus laufenden Verträgen ausgestiegen, doch hier weiter zu recherchieren, wäre eine neue Geschichte gewesen. Ab diesem Zeitpunkt begann Wingerter unvorsichtig zu werden. Er gab die Weine an Personen weiter, die Ahnung von Wein hatten. Verschiedene Kollegen seiner Zunft erhielten die Brühe zum Verschneiden, der Weinkommissionär und auch Kempf wurden durch korrekte Proben gelinkt. Doch diesen Geschäftspartnern fiel der Schwindel gleich auf, sie zeigten Wingerter an. Hier begannen die Ermittlungen der Staatsanwaltschaft, die unter anderem Proben bei Wingerter einholte. Diese Proben landeten im Labor von HG. Lohmann, der bis zu diesem Zeitpunkt nur mitkassierte, ließ seine politischen Kontakte spielen, um den ermittelnden Staatsanwalt aus dem Weg zu räumen, und setzte Kempf unter Druck. Sauer und Wingerter gaben vor Ort Täuscher den Auftrag, die geprellten Winzer und den Weinkommissionär entsprechend zu »bearbeiten«. Lohmann, Wingerter und Sauer machten ihre Jobs gut, die Affäre stand kurz davor, unter den Tisch gekehrt zu werden. Nach den Unvorsichtigkeiten von Wingerter schien im Hintergrund jemand Druck auf den unlauteren Weinbauern auszuüben, die Geschäfte mit getürktem Wein einzustellen, denn die Lieferungen hörten auf. Ich erinnerte mich an das Gespräch mit Kempf, der von einem ungehaltenen de Angelo berichten konnte, der auf Wingerter einredete. Doch auch hier tauchte der Name des Don aus Agrigento nicht auf. Wingerter, einer einträglichen Einnahmequelle beraubt und neben Caprese der einzige, der den ganzen Schwindel überblicken konnte, hätte nun einigen Herren gefährlich werden können. Verbindungsbrüder hin, Verbindungsbrüder her. Um ihre politische Karriere nicht zu gefährden, konnten die Herren mit Schlips den Mord an Wingerter zumindest in Auftrag gegeben haben. Doch hierfür fehlten uns die Beweise, dieser Punkt war reine Vermutung. Die Weinpanscherei und -schieberei konnten wir lückenlos mit den Unterlagen von Caprese beweisen. Der aussagebereite de Angelo würde das Ende der politischen Hintermänner im Landwirtschaftsministerium und in der Kreisverwaltung besiegeln. Der Mord an Wingerter wäre also für die Herren umsonst gewesen.

Ich ließ mir die Zusammenfassung von Vibke durch den Kopf gehen, als sie plötzlich die Stimme erhob.

»Pass auf, Sturm. Außer uns beiden weiß niemand von dieser Enthüllungsstory und dem Belastungszeugen. Bevor ich das Papier nicht aus den Händen gebe, setzen keine Ermittlungen ein. Du hast mir sehr weitergeholfen. Ohne dich hätte es keinen Bericht gegeben, also setzen wir den Bericht nun erst einmal zu deinen Gunsten ein.«

»Wie meinst du das?«

»Wir beide werden mit Sauer und Lohmann reden, werden ihnen die Beweise unter die Nase reiben, und sie sollen uns im Gegenzug den Mörder liefern.«

»Du willst sie mit den Unterlagen erpressen?«

»Ja, und wenn sie geredet haben, werden wir sie trotzdem ans Messer liefern. Bei diesen Subjekten habe ich keine Skrupel.«

Es war zwar nicht die feine englische Art, aber ich fand es einmalig von Vibke, dass sie bereit war, meinen Ermittlungen auf diese Art und Weise auf die Sprünge zu helfen. Zudem rettete sie vielleicht damit meine junge Beziehung zu Julia. Es war bereits kurz vor elf Uhr. Wenn wir die Angelegenheit schnell aus der Welt schaffen wollten, mussten wir reagieren. Jeder weiß, dass freitags um zwölf Uhr in der öffentlichen Verwaltung die Rollläden zugehen. Vibke schmiss sich ans Telefon, nachdem wir vereinbart hatten, dass sie nach Mainz zu Lohmann und ich zu Sauer fahren werde. Wir mussten die beiden zeitgleich erwischen, damit keiner den anderen informieren konnte. Diplomatisch und mit Presseroutine kam sie zu beiden, vorbei an persönlichen Referenten und Vorzimmerdamen, durch. Einige eindeutig zweideutige Bemerkungen und sie bekam die gewünschten Termine. Sie schaffte es, gegen dreizehn Uhr ein »Arbeitsessen« mit Lohmann auszumachen. Für mich, ihrem persönlichen Mitarbeiter, arrangierte sie zur gleichen Zeit einen Termin im Landratsamt. Es war alles vorbereitet, die beiden in die Pfanne zu hauen, und ich hatte, dank Vibke, wieder Mut gefasst, den Mörder von Wingerter noch heute zu entlarven. Mein Ausflug nach Sizilien war doch nicht umsonst gewesen, er lieferte mir zumindest geeignete Druckmittel.

Da Vibke nach Mainz fahren musste, hatte ich noch knapp zwei Stunden Zeit. Ich beschloss, zuerst in mein Büro zu fahren und dann sofort zu Julia, um ihr die Neuigkeiten mitzuteilen. Meines Erachtens konnte sie bereits die Koffer für unseren gemeinsamen Urlaub packen. Vibke war schon auf der Piste, als ich zu meinem Büro kam. Im Briefkasten fand ich die Stromrechnung, einen Brief mit unbekanntem Absender und eine Ansichtskarte von Sarah aus Hamburg. Sie freute sich darauf, in einer Woche mit ihrer Tournee am Ende zu sein, und wollte sich dann gleich mit mir treffen. *Ich melde mich bei dir, wenn ich wieder erholt bin, liebe Grüße, Sarah.* Die Telefonrechnung war wieder einmal viel zu hoch und der unbekannte Brief ein Auftrag, eine entlaufene Katze zu suchen, mit Bild der Katze und einer Telefonnummer. Eigentlich sollte ich annehmen, denn die Katze ist bestimmt nicht in ein Komplott verwickelt, doch ich rief an und sagte ab. Keine Zeit bis in den Herbst, war meine einfallsreiche Lüge. Mein Anrufbeantworter zeigte drei neue Anrufe an.

»Hallo, hier ist Angie, wenn du mich brauchst, ruf mich an. Ich bin wieder da, und der Typ war doch nicht so berauschend. Tschüss.«

Piep.

»Hei, Philipp, Katja am Apparat. Es tut mir Leid, dass ich dir so kurzfristig absagen musste und einfach so verschwunden bin, aber du weißt ja, wie das ist, mit Sterbefällen in der Familie. Ich wollte dich fragen, ob ich dich mit einem Abendessen in Hayna entschädigen kann. Ruf mich doch zurück oder komm einfach in der Apotheke vorbei. Bis dann.«

Piep.

»Na, Alter, hier ist HG, ruf mich zurück!«

Die ersten beiden Anrufe nahm ich vorläufig nur zur Kenntnis, sie hatten Zeit, beantwortet zu werden. HG musste ich jedoch den Gang der Dinge erklären. Vielleicht war der Feigling doch bereit, unter diesen neuen Umständen sein Wissen an der richtigen Stelle auszuplaudern. Ich wählte seine Nummer.

»Lustig.«

»Sturm, ich soll dich zurückrufen.«

»Ah, Amor persönlich ist am Apparat. Ich wollte meinem Glücksbringer nur persönlich mitteilen, dass ich morgen mit Sonja für acht Tage nach Teneriffa fliege.«

»Gratuliere, doch ich muss dir auch etwas mitteilen.«

»Schieß los!«

Ich schilderte ihm in kurzen Worten die Sachlage.

»Wenn das so ist, bin ich natürlich bereit, zu sagen, was ich weiß. Aber erst, wenn ich wieder zurück bin. Die Polizei wird mich doch nicht aus dem Urlaub zurückholen?«

»Ich glaube, auf die paar Tage kommt es jetzt auch nicht mehr an. Danke für deine Hilfe, melde dich gleich, wenn du zurück bist. Servus.«

»Servus und viel Erfolg.«

Ich verließ mein Büro, setzte mich in das Golf Cabrio und schlug die Richtung zum Weingut Wingerter ein. Julia musste ja bereits vor Angst vergangen sein, da ich mich noch nicht gemeldet hatte. Sie würde es aber verstehen. Kurz nach Böchingen kam mir ein Alfa Spider entgegen, in dem, wenn ich mich nicht täuschte, der gut aussehende Dozent Maierbach saß. Ob er bei Julia war? Egal, sie hatte ihn abgeschossen oder, besser gesagt, gegen einen erfolgreichen Privatdetektiv eingetauscht. So schnell, wie der Spider fuhr, musste Maierbach sehr verärgert sein. Ich fuhr beruhigt weiter. In der Gutseinfahrt stand immer noch der Streifenwagen. Ich dachte mir, »nicht mehr lange«. Ich klingelte. Julia öffnete mir die Tür, sie umarmte mich kurz und hauchte mir ein »Endlich« ins Ohr. Die Treppenhausnummer entfiel, doch sie zog mich an meinem Gürtel ins Wohnzimmer, stieß mich in einen Sessel und setzte sich auf meinen Schoß.

»Bin ich unschuldig, mein lieber Schnüffler?«

Ich erzählte ihr leidenschaftlich mit Händen und Füßen, was alles vorgefallen war, und versicherte ihr, dass noch am heutigen Abend kein Streifenwagen mehr vor der Tür stehen werde. Dann zeigte ich ihr den Bericht. Sie strahlte mich an. Ich nutzte die Situation.

»Du kannst die Koffer packen, am Sonntag hauen wir ab Richtung Italien. Was hälst du von Sizilien?«

»Gute Idee, mein Schatz, aber kläre erst einmal alles auf, dann ruf mich an, und ich beginne dann sofort, alles vorzubereiten. Viel brauchen wir ja nicht, oder?«

Ich küsste sie, mehr war nicht drin, denn es war an der Zeit, zum Beigeordneten Sauer aufzubrechen. Sie stand in der Tür, als ich in das Cabrio einstieg.

»Vergiss nicht, mich anzurufen!«

Ich war kurz vor ein Uhr bei der Kreisverwaltung an der Kreuzmühle in Landau. Als ich den Motor ausgeschaltet hatte, klingelte mein Handy.

»Hier Vibke, ich treffe mich jetzt mit Lohmann.« Unsere Zeitplanung war perfekt. Ich bestätigte und meldete mich an der Pforte. Die Vorzimmerdame holte mich ab und brachte mich zu Sauer.

Der Beigeordnete war bereits im fortgeschrittenen Alter, dort, wo noch Haare waren, waren sie grau. Ich befürchtete, dass er, wenn er die Unterlagen liest, auch diese kläglichen Reste verlieren könnte. Sein Äußeres passte sich der Haarfarbe an. Grauer Anzug, graues Hemd, graue Krawatte. Sein Gesicht war gezeichnet von vielen politischen Kämpfen und schimmerte ebenfalls grau. »Grau sind auch die meisten Ratten«, dachte ich mir, als er mich förmlich begrüßte.

»Herr …, wie war noch einmal Ihr Name, mir ist er leider entfallen?«

»Ist unerheblich und dient nicht der Wahrheitsfindung. Sie haben mit meiner Chefin, Frau Velten, gesprochen?«

»Ja, sie erzählte etwas von Unterlagen oder einem Bericht, der mit Hanno Wingerter zu tun hat, und war der Ansicht, es wäre besser, wenn ich ihn einmal betrachten würde. Wissen Sie, Hanno war mein Freund und alles, was seinen Tod aufklären könnte, interessiert mich natürlich brennend.«

»Das ist optimal.«

Ich schob ihm den Bericht unter die Nase. Als er Seite für Seite herunterlas, wurde sein Gesichtsgrau immer heller. Nach der letzten Seite rang er nach Luft.

»Das sind unglaubliche Vorwürfe, ich werde sofort nach meinem Anwalt rufen lassen.«

»Lassen Sie das ruhig einmal sein und schauen sich erst einmal das an.«

Ich gab ihm Kopien der Unterlagen von Caprese. Er griff in seine Westentasche und verschlang zwei Pillen. Jetzt hob sich sein Gesicht vom restlichen Outfit ab. Es wurde tiefrot und Schweißperlen rannen an seiner langen Nase entlang.

»Was wollen Sie eigentlich von mir?«

»Ich will den Mörder von Wingerter. Sagen Sie mir, wer es war, und ich werde beim Staatsanwalt ein gutes Wort für Sie einlegen. Sie sind sowieso am Ende und Ihrem Freund Lohmann geht es zurzeit auch nicht anders. Er kann Ihnen nicht mehr helfen, vielleicht belastet er Sie gerade!«

»Es tut mir Leid, junger Mann, ich kann Ihnen nicht sagen, wer Hanno auf dem Gewissen hat, auch wenn Sie mich noch so unter Druck setzen. Ich habe nur eine vage Vermutung.«

»Was vermuten Sie denn vage?«

»Da Sie scheinbar alles wissen, wird Ihnen der Name Seidel bestimmt etwas sagen.«

»Ja, in der Tat.«

»Nämlicher Seidel ist vor kurzem durchgedreht. Er wollte mit der ganzen Sache nichts mehr zu tun haben, weil er Angst hatte, dass ihn die anderen im schlimmsten Fall ans Messer liefern. Er war in die Hintergründe nie eingeweiht, hatte aber den Großteil des gepanschten Weins in seinem Keller. Er wollte viel Geld von Wingerter und dann verschwinden.«

»Und Wingerter war nicht bereit, zu zahlen?«

»Nein, und daraufhin ging Seidel wutentbrannt auf ihn los und drohte, ihm das Hirn einzuschlagen. Die

Männer von Täuscher, der ebenfalls bei dem Gespräch anwesend war, hielten den schäumenden kleinen Mann zurück. Vielleicht ist er wiedergekommen, als Hanno alleine war.«

»Warum haben Sie das nicht der Polizei erzählt?«

»Ich wollte mit der Sache nichts zu tun haben, wissen Sie, in meiner Position, und dann Zeuge in einem Mordprozess.«

»Das hilft Ihnen nun auch nicht weiter, selbst wenn es einfach ist, den Mord auf ein weiteres Mordopfer zu schieben.«

»Weiter kann ich Ihnen wirklich nicht helfen. Ich halte das alles nicht mehr aus. Sie haben gesehen, ich habe Schwierigkeiten mit dem Herz. Ich bin bereit, zu allem auszusagen, unter Umständen komme ich dann bei einer Verhandlung besser weg. Den Beweisen habe ich nichts entgegenzusetzen und für eine Flucht bin ich zu alt. Ich habe Ihnen alles gesagt, jetzt tun Sie, was Sie für nötig halten.«

Ich tat es. Jedoch passiv, denn wiederum läutete mein Handy.

»Noch mal Vibke. Lohmann hat sich die Unterlagen angeschaut, alles abgestritten, sein Essen stehen lassen und ist fluchend und drohend abgezogen. Das korrupte Schwein ist offensichtlich sehr nervös geworden.«

»Macht nichts, Sauer hat alles gestanden und er wird Seidel wegen des Mordes an Wingerter schwer belasten.«

»In Ordnung, gratuliere dir zu deinem Erfolg, ich werde die hiesige Staatsanwaltschaft benachrichtigen und meine Recherchen auch gleich in die Stabstelle des

Ministerpräsidenten in der Staatskanzlei weiterreichen. Lohmann kommt so einfach nicht davon, der wird in Kürze dingfest gemacht sein. Auf dem Weg nach Landau fahre ich zu de Angelo nach Venningen und übergebe ihm die Botschaft von seinem Freund Caprese. Wir sehen uns im Anschluss. Tschüss, Partner.«

»Ciao.«

Sauer saß schwer atmend in seinem Sessel. Ich nahm sein Telefon und wählte die Nummer von Hauptkommissar Becker und schilderte ihm die aktuelle Situation. Becker stutzte zuerst, dann versicherte er mir, dass er auf dem schnellsten Weg kommen würde. Ich sagte ihm, dass ich warten werde, um meinen Triumph auszukosten. Becker legte kommentarlos auf. Sauer war nicht mehr in der Lage zu reden, trotzdem stammelte er, er sei froh, dass nun alles vorbei sei. Wegen seines aktuellen Aussehens glaubte ich ihm sogar. Seine Sekretärin, die plötzlich im Raum stand, registrierte Sauers Aussehen und brachte ihm ein Erfrischungstuch von 4711-Kölnisch-Wasser. Ich fragte sie nach einem 0815-Bier. Sie ignorierte mich. Nach gut fünfzehn Minuten stand Becker samt seinem Anhang im Beigeordnetenbüro.

»Nun, Sturm«, sagte er und betrachtete den völlig fertigen Sauer, »sind Sie zufrieden mit Ihrem Ergebnis?«

»Lassen Sie, Herr Hauptkommissar«, antwortete Sauer, »ich bin froh, dass er und seine Chefin der ganzen Sache ein Ende gemacht haben, ich werde alles bestätigen, was er vorhin am Telefon sagte. Ich bin sowieso am Ende.«

Ich drückte Becker die Unterlagen in die Hand und Sauer gestand alles, was sie beinhalteten. Zum Schluss erläuterte er den Vorfall mit Seidel. Becker schüttelte ungläubig den Kopf.

»Das Motiv und die Drohung sind eindeutig«, betonte der Beigeordnete vehement. Becker musste ihm zustimmen, seiner Miene sah ich jedoch an, dass er es nicht mit voller Überzeugung tat. Sein Assistent bekam einen Anruf und ging, nachdem er aufgelegt hatte, zu seinem Chef, um ihm etwas ins Ohr zu flüstern. Becker wandte sich zu Sauer und mir.

»Lohmann ist am Frankfurter Flughafen vom BGS gestellt worden, als er das Land verlassen wollte. Ein erstes Verhör bestätigt Ihre Aussage, laut meinen Kollegen in Mainz. Auch Lohmann belastet Seidel. Ein Toter ist immer ein guter Täter.«

Bei einem zweiten Anruf wurde ihm mitgeteilt, dass sich ein gewisser de Angelo auf der Landauer Polizeidirektion gemeldet habe, der Lohmann und Sauer belaste. Alles ging seinen Weg. Auch Vibke, die bereits wieder in Landau angekommen war, rief mich von der Post aus an und sagte mir, dass der Zeitungsbericht per Eilpost auf dem Weg zu allen großen Redaktionen, Zeitungen und Magazinen sei. Die Weinpanscherbrut war ausgehoben, und ich hatte meinen Mörder. Becker entließ mich. Ich wollte nach Hause fahren, um mich mit Vibke zu treffen und den Erfolg zu feiern. Vor allem musste ich Julia anrufen, damit sie ihre Koffer packt. Alles hatte sich in Wohlgefallen aufgelöst.

Als ich vor der Kreisverwaltung stand, spulten sich die Ereignisse der letzten Tage nochmals ab. Mir wurde schwindelig. In diesem Zustand konnte ich unmöglich direkt nach Hause. Ich entschied mich, gegen das Schwindelgefühl ein Bier einzusetzen. Inzwischen war es kurz nach vier Uhr und mein Stammlokal öffnete um fünf. Ich musste also eine knappe Stunde überbrücken. Ich setzte mich in das Cabrio, das jetzt tatsächlich mir gehören sollte, und steuerte Antonios Feinkostladen an. Ein, zwei Flaschen Prosecco für die abendliche Siegesfeier sollten jetzt schon drin sein. Bei Antonio angekommen, sagte ich Vibke über das Handy Bescheid, dass ich später, so gegen sieben Uhr, kommen würde. Sie sagte nur: »Schön für dich und bis nachher.«

Antonio war begeistert, dass die Geschichte ein Ende hatte und ich mit meiner Traumfrau nach Sizilien fahren würde. Er gab mir sofort einige Telefonnummern und Adressen, an die ich mich wenden sollte, wenn ich in seiner Heimat wäre.

»Günstige Übernachtungen, sehr gutes Essen. Ich will doch, dass es dir, nach allem was passiert ist, gut geht.«

»Grazie, Amico, das kann ich gebrauchen. Stell mir bitte zwei Flaschen Prosecco kalt, ich hol' sie nachher ab.«

»Alles klar, ich leg' sie auf Eis.«

Die Kneipentür stand schon offen, obwohl noch fünfzehn Minuten Zeit war bis zur offiziellen Öffnung. Ich ging hinein, setzte mich in einen Winkel und orderte ein Pils.

»Ist noch nicht offen Sturm, das Fass ist gerade frisch angeschlossen, tut's auch eine Flasche?«

»Gib schon her, Hauptsache kalt.«

Ich verzichtete auf ein Glas, trank an dem Bier und dachte über Vergangenheit und Zukunft nach. Als Detektiv hatte ich meinen größten Fall gelöst, finanziell war alles in Butter und privat schwamm ich auf einer Woge der Glückseligkeit. Doch ich traute dem Braten nicht, ein komisches Gefühl in der Magengrube machte mir zu schaffen. So viel Glück auf einmal schien unglaubwürdig. Vorläufig nahm ich es einfach hin. Ich grübelte darüber nach, wie ich mein geschäftliches, aber auch mein privates Leben neu organisieren sollte. Ich war bereit, für Julia mein unstetes Treiben in geregelte Bahnen zu lenken. Ich sah mich in einem Büro sitzen, die Geschicke eines großen Weingutes lenken und aus Masse Klasse machen. Ich musste einen guten Kellermeister engagieren, die Menge zurückfahren und unrentable Flächen abstoßen. Der Ruf von Wingerters Weingut musste von Grund auf verändert werden, ohne nur einen »Sturm im Weinglas« zu entfachen. Von meinem imaginären Büro aus konnte ich auf das dazugehörende Wohnhaus blicken. Julia stand strahlend in der Eingangstür und im Hof spielten zwei Kinder, die mir sehr ähnlich sahen. Ich zuckte zusammen. Die kleinbürgerliche Idylle ließ mich erschaudern. Ich bestellte ein zweites Bier. Die Kneipe hatte sich gefüllt und ich bekam sogar ein Bier vom Fass. Weg mit diesen Gedanken. Erst fährst du mit ihr in Urlaub und dann siehst du weiter, Sturm. Heute wird erst einmal mit Vibke unser Erfolg gefeiert. Julia soll erst gar nicht auf die Idee kommen, dass ich jederzeit verfügbar bin. Natürlich werde ich sie anrufen, doch dabei wird es heute bleiben und morgen früh auch erst einmal. Zuerst werde ich morgen Katja aufsuchen und ihr erklären, dass ich nicht mehr zu haben bin und das immer wieder aufgeschobene gemeinsame Essen weiter aufschieben muss. Mit Angie ist es notwendig, die nächsten drei Wochen zu planen. Sie muss sich während meines Urlaubs um das Büro kümmern und wichtige von unwichtigen Aufträgen trennen. Ich werde nur noch Kapitalverbrechen auflösen, keine verlorenen Katzen, keine fremdgehenden Ehemänner mehr. Die Zeit und die Biere vergingen über diesen unnötigen Gedanken wie im Flug. »Vibke wartet, ich muss sofort los«, schoss es mir durch den Kopf. Ich zahlte und ging, um den Prosecco zu holen.

Es roch nach Essen, als ich das Treppenhaus zu Hause betrat. Der Geruch kam mir irgendwie bekannt vor, doch ich konnte ihn im Moment nicht zuordnen. Im Flur meiner Wohnung fing mich Vibke ab und geleitete mich ins Esszimmer, in dem der Tisch schon festlich gedeckt war, nur das Essen fehlte.

»Ich dachte, eine Siegesfeier muss mit einem Essen gekrönt sein, und da ich noch Zeit hatte, bis du kommst, habe ich eine Kleinigkeit gezaubert. Bleib hier sitzen, komm nicht in die Küche und lass dich überraschen.«

Ich war bereits überrascht und harrte der Dinge. Die Wartezeit konnte ich mit dem notwendigen Telefonat mit Julia überbrücken. Ich holte das Telefon und wählte ihre Nummer.

»Julia Wingerter.«

»Sturm.«

»Es wird aber langsam Zeit, dass du dich meldest, was ist passiert?«

»Du kannst die Koffer packen, morgen fahren wir nach Italien. Du bist endgültig unschuldig, mein Schatz. Seidel hat deinen Mann erschlagen, alle Indizien weisen darauf hin.«

»Das hast du prima gemacht, Süßer, du hast dir dein Geld redlich verdient. Du kannst dir morgen den Scheck abholen. Für deine Urlaubskasse.«

»Wieso für meine Urlaubskasse, wir fahren doch gemeinsam in den Süden?«

»Ja, schon, aber ich kann morgen nicht einfach so abhauen. Ich muss den gesamten Nachlass regeln, mit meinem Anwalt reden und überhaupt alles in Ordnung bringen. Ich habe mir gedacht, dass du vorfährst, ein schnuckeliges Appartement für uns suchst, und ich dann mit dem Flugzeug nachkomme. Geht das in Ordnung?«

»So habe ich mir das aber nicht vorgestellt. Ich soll alleine 2000 Kilometer durch Italien brummen und dann in einem schnuckeligen Appartement auf dich warten? Prima Idee, hast du noch mehr solcher Vorschläge parat?«

»Jetzt stell dich nicht so an. Komm morgen Nachmittag gegen zwei bei mir vorbei, dann besprechen wir alles in Ruhe. Ich liebe dich, das weißt du doch, und mir fällt es auch nicht leicht, Tage ohne dich zu verbringen. Aber die Sachzwänge ...«

»So, Sachzwänge. Okay, wir reden morgen darüber. Ich wollte dir sowieso sagen, dass ich heute Abend nicht kann. Vibke fährt morgen wieder weg, und wir müssen unseren Erfolg noch begießen.«

»Das trifft sich gut, denn ich habe heute Abend auch noch einen wichtigen Termin, und so gerne ich dich auch gesehen hätte, es hätte nicht funktioniert. Wenn du ebenfalls etwas vorhast, habe ich zumindest kein schlechtes Gewissen. Wir sehen uns morgen Liebster, Ciao.«

»Ciao.«

Wusste ich doch, dass an der ganzen Glückseligkeit ein Haken war. Ich hatte ein ungutes Gefühl, da schallte es aus der Küche, dass das Essen bereitet sei. Pauline Bocuse stolzierte aus der Küche.

»Fegato di vitello alla trentina, Prego.«

Ich musste lachen, als mir Vibke Kalbsleber mit einer Gemüsesoße aus Knoblauch, Zwiebeln, Lauch und Tomaten servierte. Als Wein hatte sie einen *95er La Luna e i Faló* ausgesucht. Der *Barbera d'Asti* passte ausgezeichnet. Für den Moment hörte ich auf zu zweifeln und gab mich dem hervorragenden Essen hin. Hätte ich mich nicht unsterblich in Julia verliebt, hätte der Abend bestimmt noch andere, viel versprechende Aspekte gehabt. So aber redeten wir über unseren Fall, über Wein, Essen und Karl Marx. Selbst Männerthemen, wie Autos, Fußball und Frauen, waren zeitweise Mittelpunkte unserer Gespräche. Die romantische Musikuntermalung unserer kleinen Feier lieferten AC/DC, Aerosmith und Deep Purple. Bei der zweiten Flasche Prosecco trällerte Police »Don't stand so close to me«. Ich schlief auf dem Teppich ein, Vibke auf der Couch.

Samstag, 5. Juni

Mein Kreuz schmerzte, mein Schädel brummte und die Sonne schien mir gnadenlos ins Gesicht. Vibke lag noch selig schlafend auf der bequemen Couch. Ich quälte mich in die Vertikale. Die zweite Flasche Prosecco drückte merklich auf mein Kleinhirn. Heute war der Tag von Abschied und Entscheidungen. Vibke würde die Provinz wieder verlassen, und ich wollte nach Italien, mit oder ohne Julia. Das war die erste Entscheidung, die heute fallen sollte, die zweite fiel in Bremen, wo der FCK die Meisterschaft einfahren wollte. Es war bereits elf Uhr, das schwarzhaarige Knäuel auf der Couch begann sich zu bewegen. Sie tippte sich an die Stirn.

»Hallo, ist da wer?«

Ihre großen braunen Augen blickten mich an, sie hatten heute Morgen passende schwarze Ränder.

»Hast du etwas dagegen, wenn ich dein Bett für einige Stunden benutze? Ich glaube nicht, dass ich schon in der Lage bin, mich fortzubewegen, geschweige denn ein Auto zu fahren.«

»Null Problem, aber ich muss unbedingt in die Stadt, einiges regeln.«

»Tu dir keinen Zwang an, wenn du wieder zurück bist, bin ich wahrscheinlich schon unterwegs. Dann sparen wir uns auch die Abschiedsszenen.«

»Sehe ich dich wieder?«

»Vielleicht.«

»Wenn Julia nicht wäre …«

Sie stand auf und legte ihren Zeigefinger auf meinen Mund.

»Mach keinen Aufriss, ist schon gut so.«

»Aber ...«

»Sei einfach still, geh dich duschen, putz deine Zähne, zieh dich an und mach dich vom Acker. Ich geh' jetzt ins Bett. Tschüss, mach's gut.«

Sie deutete einen Kuss an, huschte an mir vorbei und verschwand im Schlafzimmer. Ich versuchte einen Menschen aus mir zu machen, der in der Lage war, sich unter normale Bürger zu mischen, ohne groß Aufsehen zu erwecken. Bei diesem Versuch beneidete ich die Frauen um ihr Make-up. Ich brauchte eine halbe Stunde, um mein Gesicht zu richten. Der Wichtigkeit des Tages entsprechend, warf ich mich in meinen grauen italienischen Anzug, verzichtete aber auf Hemd und Krawatte und beschränkte mich auf ein T-Shirt. Vibke schlief bereits wieder und bemerkte mein Tun im Schlafzimmer nicht. Ich warf einen letzten Blick auf sie und verließ die Wohnung. Vernünftigerweise lief ich in die Stadt. Katja war entzückt, als ich in ihre Apotheke schlenderte. Meine Restaurierungsarbeiten waren anscheinend doch nicht so schlecht gewesen.

»Der große Detektiv Philipp Sturm betritt meine bescheidenen Räume. Darf ich noch ›du‹ zu dir sagen?«

Ich schaute sie ungläubig an.

»Geht's dir gut oder hat dich die Beerdigung so mitgenommen?«

»Du hast heute noch keine Zeitungen gelesen?«

»Nein, tut mir Leid.«

Sie reichte mir die RHEINPFALZ, die SÜDDEUTSCHE ZEITUNG und die FRANKFURTER RUNDSCHAU. AROMEN-SKANDAL AUFGEDECKT, HOHE REGIERUNGSBEAMTE IN WEIN-SKANDAL VERSTRICKT und QUO VADIS WEINHANDEL waren die Schlagzeilen auf den ersten Seiten. Hinzu kamen ausführliche Berichte auf Seite drei und diverse Kommentare. Verfasst waren die meisten Artikel von Vibke Velten, mit einer gewissen Regelmäßigkeit tauchte auch mein Name auf. Die Morde wurde nur am äußersten Rand erwähnt. Ich war beeindruckt. Ich schaute Katja an, die gerade ihren letzten Kunden verabschiedete und die Tür abschloss.

»Deswegen bin ich nicht hier. Ich wollte dir nur mitteilen, dass ich für ein paar Wochen außer Landes bin und wir aus diesem Grund unser Essen wieder einmal verschieben müssen. Tut mir wirklich Leid.«

»Das ist wirklich schade, ich dachte, dass es dieses Mal nicht nur beim Essen bleibt. Ich habe Zeit gehabt, über alles nachzudenken. Du wärst nicht der schlechteste Kerl, um eine Sünde zu begehen.«

»Danke für die Komplimente, aber die kommen leider zu spät. Noch vor einer Woche wäre ich aus allen Wolken gefallen, doch jetzt kam dir eine zuvor.«

»Ich habe so etwas bereits geahnt. In der Stadt wurde bereits gemunkelt, dass deine Mandantin nicht nur geschäftlich mit dir zu tun hat.«

»Wahre Gerüchte.«

»Bist du sicher, dass es diese reiche und schöne Frau wirklich ernst meint mit dir?«

»Du hast es doch auch ernst gemeint und hättest genug Möglichkeiten, bessere Partien wie mich abzuschleppen.«

»Auch wahr, gehen wir trotzdem essen, wenn du wieder zurück bist?«

»Natürlich, meinst du, es reicht mir, mit einer schönen und reichen Frau gesehen zu werden?«

»Alter Spinner. Melde dich einfach und dann sehen wir weiter.«

»Du bist nicht böse?«

»Ach was, bis bald.«

Sie öffnete mir die Tür und ich verabschiedete mich von ihr.

Ich ging über den Markt in Richtung meines Büros, als aus der Menge der Einkaufenden Julia heraushetzte. Erst im letzten Moment sah sie mich und steuerte auf mich zu. Sie umarmte mich und gab mir einen Kuss auf die Wange.

»Was ein Zufall, schön dich zu sehen, doch ich habe keine Zeit, mich lange aufzuhalten. Ich war gerade bei Schlickenried und habe einen dringenden Termin auf dem Weingut. Ich muss gleich weiter, bis heute Mittag, tschüüüss.«

Ein zweiter Kuss auf die Wange und die Menschenmasse schluckte Julia genauso, wie sie sie ausgespuckt hatte. Ich stand wie ein Idiot in der Menge. Hatte ich die Aktion nur geträumt oder setzte ein verspätetes Tremens ein? Behandelt man so einen Mann, mit dem man in einigen Stunden für drei Wochen verschwinden möchte? Scheinbar meinte sie es wirklich ernst mit dem Nachkommen. Diese Flausen musste ich ihr heute Mittag austreiben, wenn nach Italien, dann nur gemeinsam und gleich. Etwas verwirrt trottete ich weiter in mein Büro. Während des Gehens fiel mir die Distanz auf, mit der mich Julia behandelte. Waren die rosaroten Wolken schon verflogen, oder hatte sie nur Stress mit der Nachlassverwaltung? Ich harrte der Dinge und wollte meine Bürotür aufschließen. Sie war offen. Im Büro saß Angie vor dem Computer und arbeitete.

»Was machst du denn hier?«

»Ich schreibe an einer Hausarbeit. Habe Besuch bekommen, der sich für längere Zeit bei mir einquartiert hat. Die lenken mich so ab, dass ich meine Arbeit nicht erledigen kann.«

»Schmeiß sie doch raus.«

»Geht nicht, sind meine Eltern.«

»Ah ja. Es trifft sich aber gut, dass du hier bist. Ich hätte dich sowieso angerufen. Kannst du für die nächsten drei Wochen den Laden schmeißen?«

»Nichts lieber als das, kann ich mir ein Sofa hier reinstellen?«

»Mach was du willst.«

»Erzähl mal deine Erfolgsstory, ein klein wenig Anteil daran habe ich auch. Ohne mich wärst du dieser Frau Wingerter doch gar nicht so nahe gekommen.«

Ich erzählte Angie die ganze Geschichte, besser gesagt, das, was aus den Zeitungen nicht zu entnehmen war, mit Ausnahme meiner sizilianischen Affäre. Was sie nicht wusste, konnte sie auch nicht in Gefahr bringen. Sie hörte mir gespannt zu. Als ich bei meinem jüngsten Erlebnis auf dem Markt angekommen war, schaute sie mich skeptisch an.

»So würde ich meinen Lover nicht behandeln.«

»Nicht?«

»Na hör mal. Ihr seid jetzt gerade mal eine Woche beisammen, da müssen doch noch die Funken sprühen. Normalerweise hätte sie dich zwischen die nächsten Kohlköpfe zerren müssen und dich anständig hernehmen.«

»Macht man das heute so?«

»Nicht ganz, aber annähernd.«

Nebenbei fragte ich Angie, ob sie etwas Neues von Maierbach gehört habe. Völlig überrascht ob meiner Unwissenheit nickte sie heftig und schilderte mit Händen und Füßen die Dramen, die sich zurzeit an der Uni abspielten. Maierbach habe gekündigt und sich ins Privatleben zurückgezogen. Es hieß, er wolle einige Bücher schreiben, um sich von einer persönlichen Niederlage abzulenken.

»Wenn das so ist, dann verstehe ich die Verhaltensweise von Julia erst recht nicht.«

»He Alter, fahr einfach hin und klär die Sache. Wenn du dann wirklich in Urlaub fahren willst, ich werde hier das Kind schon schaukeln.«

»Du wirst Recht haben. Mach's gut, falls wir uns nicht mehr sehen sollten. Das Büro ist bei dir in guten Händen.«

Ich umarmte Angie und machte mich auf die Socken, denn es war bereits kurz vor zwei Uhr.

Als ich mich dem Aussiedlerhof näherte, bekam ich feuchte Finger und meine Knie wurden weich. Was würde mich nun erwarten? Die große Liebe oder eine größere Enttäuschung? So viel Erfahrung hatte ich schon, dass mir Julias Verhalten am Morgen etwas komisch vorkam. Aber vielleicht machte ich mir auch nur unnötige Gedanken. Bei ihrem Gut angekommen, ging es mir schon etwas besser. Es dauerte verhältnismäßig lange, bis sie mir die Tür öffnete. Sie machte einen zerzausten, gehetzten Eindruck, als sie im Bademantel vor mir stand.

»Hallo, Lieber, setz dich ins Wohnzimmer, schenk dir etwas ein und warte einen Moment. Ich war den ganzen Morgen unterwegs und bin total verschwitzt, lass mich bitte noch duschen, bevor wir uns unterhalten. Übrigens, auf der Kommode liegt dein Geld.«

Im Verlauf dieses Monologes küsste sie mich flüchtig auf den Mund, durchstreifte ihre halbe Wohnung und verschwand in ihrem Bad. Ich hörte die Dusche plätschern, als ich vor der Kommode stand. Dort lag ein Umschlag mit meinem Namen beschriftet. Ich öffnete das Kuvert und fand darin 15 000 Euro. War dies der Lohn für meine Liebesdienste oder ein völlig überhöhtes Honorar? Bevor ich mir weitere Gedanken machen konnte, fiel mein Blick auf einen zweiten Umschlag, der zweifellos vom Reisebüro Wiesinger stammte. Strahlend schnappte ich mir auch diesen Umschlag, öffnete ihn und musste nach Luft schnappen. Ich war mir ziemlich sicher, dass Buenos Aires nicht in Italien lag, spätestens dann, als ich sah, dass der Flugpreis deutlich über 1 000 Euro lag, one way. Ich war mir auch ziemlich sicher, dass ich wieder in die Pfalz zurückkommen wollte. Noch sicherer war ich mir, trotz etlicher Alkoholexzesse in meiner Vergangenheit, dass mein Name nicht Heiner Maierbach war. Ich versuchte, meine Gedanken zu sortieren. In der Hand hielt ich zwei Flugtickets für heute Nacht, ausgestellt auf Julia Wingerter und Heiner Maierbach, nach Buenos Aires über Zürich. Einfach, ohne Rückflug. In der anderen Hand hatte ich 15 000 Euro. Ich blickte verstört zu Boden, dort lag ein weiteres Schreiben, das wohl von der Kommode heruntergefallen war. Ich legte die Tickets zurück, bückte mich und hob das Schreiben auf, das den Briefkopf von Dr. Schlickenried trug. Ich las den Inhalt des Schreibens. Julia übertrug dem Anwalt die gesamte Nachlassverwaltung und beauftragte ihn, das Weingut zu verkaufen. Ich legte auch diesen Schrieb auf die Kommode und meinen Umschlag dazu. In einer Glasvitrine fand ich einen Chardonnaytrester, den ich gut gebrauchen konnte. Ich trank einen tiefen Schluck aus der Flasche und setzte mich in einen Sessel. Die Terrassentür stand weit offen, ein angenehmer Luftzug kam von draußen herein. Ich blickte inhaltsleer von der Terrasse über die Weinberge bis hin zum Pfälzerwald. Schlagartig wurde mir einiges klar, doch bevor ich alles ordnen konnte, stand Julia in einem weißen Kostüm aber ohne Schuhe im Raum. Sie war wirklich eine unvergleichliche Schönheit. Ihr blondes Haar fiel gewellt auf ihre zarten Schultern und sie lächelte mich an.

»Hast du dein Geld gefunden?«

Ich schüttelte den Kopf. Sie blickte zur Kommode und für den Bruchteil einer Sekunde gefror ihr Lächeln ein. Dann bat sie mich, ihr ein Glas aus der Küche zu holen. Als ich zurück war, hielt sie meinen Umschlag in den Händen. Ansonsten war die Kommode leer.

»Hier ist dein Geld. Such uns eine schöne Wohnung in Sizilien, vielleicht auch auf den Äolischen Inseln, ich kann wirklich erst in ein paar Tagen nachkommen.«

Sie drückte mir den Umschlag in die Hand und schenkte sich Sprudel ins Glas. Ich steckte das Kuvert in meine Jackentasche, ohne hineinzublicken.

»Vielleicht auch die Äolischen Inseln? Sag mal, liegt Buenos Aires auf Stromboli oder Vulcano?«

»Wieso fragst du mich so dummes Zeug?«

»Weil du zwei Flugtickets hast, die als Zielflughafen Buenos Aires angeben. Könntest du mir das erklären?«

»Welche Flugtickets?«

»Stell dich nicht so an, eben noch hast du sie von der Kommode genommen.«

»Ich weiß nicht, wovon du redest.«

»Ich rede davon, dass du mich die ganze Zeit zum Narren gehalten hast. Du hast dir von mir eine weiße Weste besorgen lassen und mir zudem die große Liebe vorgegaukelt und jetzt das Geld abkassiert und ab nach Argentinien mit den besagten Flugtickets.«

»Du hast sie gesehen. Du hast auch gesehen, auf wen sie ausgestellt sind – und, was schließt du daraus?«

»Du hast deinen Mann umgebracht.«

»Wieder falsch, du einfältiger Schnüffler.«

In meinem Rücken bewegte sich etwas. Ich drehte mich um und blickte in den Lauf einer Walther PPK, die sich in der Hand von Maierbach befand.

»Der eitle Geck hat für dich deinen Mann aus dem Weg geräumt.«

»Der Kandidat hat 99 Punkte, bei 100 Punkten bekommt er so viele Waschmaschinen, wie er nach Hause tragen kann.«

»Bevor ihr mir die Lichter ausknipst, könntet ihr mir doch noch sagen, wie alles abgelaufen ist. Dann sterbe ich wenigstens nicht dumm.«

Julia setzte sich in einen Sessel und stimmte mir ohne Vorbehalte zu. Sie bedauerte es zutiefst, dass ich mich nicht mit meinem scheinbaren Erfolg zufrieden gegeben habe und schilderte mir ganz selbstverständlich die Durchführung ihres Mordplanes.

Am Abend, an dem ich zusammen mit Sarah sie und ihren Liebhaber in Mannheim beobachtete, war das teuflische Werk schon längst geplant. Wingerter war, wie ich selbst erlebt hatte, höllisch eifersüchtig und es kam nicht nur einmal vor, dass er sie schlug. Er war ihr, wie er mir berichtete, auf die Schliche gekommen und brauchte nur noch Beweise, um sich von Julia scheiden zu lassen. Da er einen ziemlich perfekten Ehevertrag geschlossen hatte, hätte Julia ohne einen Pfennig dagestanden. Zu diesem Zeitpunkt reifte der Plan seiner Frau, den Weinmogul um die Ecke zu bringen. Sie wollte mit Maierbach ein neues Leben beginnen, und das mit dem Geld ihres Mannes. Wingerters Verstrickungen in die Weingeschichte erkannte sie schon früh als ihre Chance, aus der ganzen Sache wieder herauszukommen.

Als Julia an besagtem Abend nach Hause kam, verpasste ihr ihr Mann eine gehörige Tracht Prügel. Sie flüchtete in die Kellerwohnung und schloss sich ein. Maierbach fuhr zur gleichen Zeit zu sich nach Hause, holte sein Gepäck für den Kongress und schlief noch ein paar Stunden.

Gegen sechs fuhr er zum Weingut und versteckte sich in der Halle, wo die Tat stattfand. Wingerter ging wie jeden Morgen kurz vor acht Uhr in die Halle und lief seinem Mörder, mit dem er nicht gerechnet hatte, in die Arme. Die Bordeauxflasche in der Hand des Dozenten beendete sein Dasein. Maierbach setzte sich direkt in sein Auto und war kurz vor elf Uhr in München. Zu diesem Zeitpunkt hatte ich gerade die Leiche gefunden. Meine Person war in dem gesamten Plan nicht vorgesehen, doch ich kam zum richtigen Augenblick ins Spiel, zudem ich dazu noch ein leichtes, triebgesteuertes Opfer war, fügte sie bei ihren Ausführungen süffisant hinzu. Dass ich zusammen mit Vibke den gesamten Weinskandal aufdeckte, war Zufall, Julia Wingerter hatte gehofft, dass die Polizei die Hintergründe aufdeckt. Dass Sauer und Lohmann Seidel belasteten, war jedoch perfider Bestandteil ihres Planes. Den Streit zwischen Seidel und Wingerter hatte sie mitbekommen, und so wurde von ihr auch die Art und Weise des Todes ihres Mannes bestimmt. Ganz ruhig und gelassen, als ob alles ein Urlaubserlebnis wäre, erzählte Julia die Geschichte. Ihr Gesicht strahlte eine Kälte aus, die mir bisher unvorstellbar schien. Sie entpuppte sich als eiskalter Engel.

Ich lauschte ihrer ganzen Erzählung stehend vor einem Originalgemälde von Max Slevogt. Julia saß auf dem Sessel, Maierbach stand mit der Pistole in der Hand im Eingangsbereich der Terrasse. Er hat Julias Ausführungen regungslos, immer ein Auge auf mich, verfolgt. Erwartungsvoll schaute er, als Julia fertig war, seine Geliebte an. Wie ein treuer Schäferhund wartete er darauf, ein

Zeichen zu bekommen, über mich herfallen zu dürfen, sprich, mich zu erschießen. Ich ging davon aus, dass es nun Zeit für mich wurde, etwas zu unternehmen, wenn ich nicht wie Wingerter enden wollte. War Maierbach ein guter Schütze oder konnte er nur mit Bordeauxflaschen umgehen? Ich hatte keine Wahl, ich musste es ausprobieren. Als Julia ihrem Don Juan gelassen zunickte, wusste ich, dass ich handeln musste. Gleichzeitig mit einem lauten Knall warf ich mich hinter das Sofa, das weniger als einen Meter von mir entfernt gestanden hatte. Ich sah, dass eine Kugel dort in das Slevogtgemälde einschlug, wo ich vor Sekunden noch gestanden hatte. Ein zweiter Knall ertönte, gefolgt von einem Aufschrei Maierbachs. Dies war der erste Ton, den ich von ihm hörte, und er wirkte beruhigend auf mich. Im Wohnzimmer wurde es hektisch. Ich hörte hinter meinem Sofa, dass einige Menschen in das Zimmer eindrangen. Zum ersten Mal war ich froh über eine Stimme, die laut ertönte.

»Hände hoch und Finger weg von der Waffe. Sie sind beide verhaftet!«

Ich schaute über die Rückenlehne des Sofas. Becker und einige Beamte standen im Zimmer. Einer verpasste gerade dem am Bein getroffenen Maierbach Handschellen. Eine Beamtin kümmerte sich um Julia Wingerter.

»Abführen.«

Ein letztes Mal schaute ich Julia in die Augen. Sie verzog keine Miene, als sie den Raum verließ. Ich war völlig paralysiert und geistesabwesend, als Becker mich ansprach: »Na, Sturm, da hatten wir noch einmal Glück.«

Ich zuckte hoch, als meine Seifenblase platzte.

»Wo kommen Sie denn her?«

»Ihre Frauen haben mich alarmiert. Frau Velten rief bei mir an. Sie hatte gerade mit Ihrer Studentin gesprochen und meinte aus dem Gespräch schließen zu müssen, dass Sie in Gefahr seien. Ich glaube, das nennt man weibliche Intuition.«

»Wieso?«

»Sie war der Meinung, dass eine Frau, die einen Mann liebt und mit ihm einen mehrwöchigen, entspannten Urlaub verbringen wolle, diesen nicht so behandeln würde, wie Sie es Ihrer studentischen Sekretärin geschildert haben. Da ich selbst von der Schuld Seidels nicht überzeugt war und Frau Velten auch als Mann zustimmen konnte, haben wir uns gleich in Bewegung gesetzt. Wir waren so rechtzeitig da, dass wir das gesamte Geständnis mitbekamen. Zum Glück gibt es vor der Terrasse dichte Sträucher, so dass wir nahe genug herankamen.«

»Sie haben alles mitbekommen und gesehen, dass ich mit einer Waffe bedroht wurde?«

»Na klar.«

»Warum haben Sie nicht früher eingegriffen, sind Sie wahnsinnig?«

»Wir hatten Maierbach genau im Visier. Alles war nur kalkuliertes Risiko.«

»Na prima. Vielen Dank für Ihre schnelle Hilfe.«

»Jetzt seien Sie nicht beleidigt, oder ärgern Sie sich darüber, dass ich im Endeffekt doch Recht hatte mit meinem Verdacht? Ich bin eben Profi und Sie nur Amateur.«

»Danke für das Gespräch, es wird Ihnen nichts ausmachen, dass ich mich nun verziehe.«

»Gehen Sie nur, im Moment brauchen wir Sie nicht. Wir haben ja alles selbst mitbekommen.«

Ich verließ das Haus durch die Eingangstür. Den Golfschlüssel warf ich in eine Ecke und lief über einen Wirtschaftsweg in Richtung Böchingen. Inzwischen war es schon beinahe fünf Uhr. Die vergangenen Tage gingen mir durch den Kopf. Es war verdammt viel passiert. Ich hatte mich sowohl als Menschenkenner als auch als Privatdetektiv nicht mit Ruhm bekleckert. Gut, ich hatte eine korrupte Weinpanscherbande ausgehoben, doch nur mit großer Hilfe von Vibke. Meine große Liebe hingegen entpuppte sich als ein kalt berechnendes, geldgeiles Luder und obendrein als Mordgesellin, die es schaffte, dass ich einen falschen Mann zum Mörder ihres Mannes kürte. Ich wurde schlicht an der Nase herumgeführt.

Mit diesen Gedanken im Kopf erreichte ich Böchingen. Aus einer Weinstube drang ziemlicher Lärm an meine Ohren, der sich nach Menschen anhörte, die ein Fußballspiel ansehen. Ich ging in die Weinstube hinein. In einem Raum, wo sich gewöhnlich zwanzig Leute aufhalten können, saßen und standen rund fünfzig Personen vor einem Fernsehgerät. Auf dem Bildschirm erkannte ich meine Lauterer Jungs, die im meisterschaftsentscheidenden Spiel in Bremen fünf Minuten vor dem Abpfiff noch kein Tor erzielt hatten. Die Bremer jedoch auch nicht. Bayern hingegen lag in Unterhaching 3:0 zurück. Hier konnte ich in eine Meisterschaftsfeier geraten. Ich bestellte einen Hefeschnaps, den konnte ich gebrauchen, denn die Konstellation im Bundesligaendspurt und meine Gemütslage waren ähnlich. Eine dritte Mannschaft hatte sich in die Entscheidung eingemischt. 1860 führte zu Hause gegen Stuttgart 5:1 und war bereits an den Bayern vorbeigezogen. Die Sechziger waren zwei Punkte hinter Lautern. Das Unentschieden würde dem FCK wegen des Torverhältnisses reichen, doch bei einem Tor der Bremer wäre die Meisterschaft doch noch in München – bei 1860. Die reguläre Spielzeit war zu Ende, die Spiele in Unterhaching und München bereits abgepfiffen, und in Bremen foulte Basler Ailton an der Strafraumgrenze. Freistoß in der letzten Minute. Die gesamte Weinstube hielt den Atem an, als der Bremer Ailton sich den Ball zurechtlegte. Ich schluckte meinen zweiten Hefeschnaps. Ailton lief an. Sekunden trennten die anwesenden Fans, mich eingeschlossen, von Jubelstürmen oder Niedergeschlagenheit. Der Brasilianer zirkelte den Ball über die Mauer, Harry Koch gab dem Ball noch leichtes Effet mit, dann schlug er unter der Latte ins Tor ein. Schlusspfiff, Totenstille. Ich legte dem Wirt drei Euro auf den Tresen und verließ den Raum. So wiederholen sich Ereignisse auf anderen Ebenen.

In einer Telefonzelle bestellte ich mir ein Taxi, zum Laufen war mir der Weg zu weit und bei meinem Glück am heutigen Tag würde ich mir bestimmt noch irgendwo die Beine brechen, weil ich vor lauter unnützer Gedanken in einen Graben fallen könnte. Eine halbe Stunde später stand ich vor meiner Wohnung und den Trümmern meines DS, der immer noch vor der Einfahrt stand. Hinter meinem einstigen Auto entdeckte ich plötzlich einen

Wagen mit Freiburger Kennzeichen, der ausparkte und langsam auf mich zufuhr. Hinter dem Steuer erkannte ich schwarze Locken. Neben mir hielt das Auto an und die Beifahrertür sprang auf.

»Steig ein, ich bin gerade auf dem Weg nach Italien und brauche noch einen Mitfahrer, damit ich den Sprit bezahlen kann.«

Schwarz hält, was blond verspricht. Ich stieg ein.

Eine Woche später

Von meiner Hängematte aus, die im Schatten lauschiger Weinranken hing, hatte ich einen genialen Blick aufs Mittelmeer. Im Dunst des Meeres konnte man die Umrisse der Äolischen Inseln sehen. Auf dem Tisch neben mir stand ein Wasserglas mit kühlem, sizilianischem Landwein mit natürlichem Aroma. Auf dem *Doppelmord in der Rue Morgue* lagen diverse Ansichtskarten, unter anderen an Sarah, Katja, Angie und HG. Aus dem kleinen Landhaus, das wir für drei Wochen gemietet hatten, schlenderte Vibke.

»Gehen wir heute Abend in das schnuckelige Fischrestaurant am Hafen oder fahren wir zum Essen in die Berge?«

Ich überließ ihr die Entscheidung und schlief kurz darauf ein.

Peter Dell, Sturm über der Südpfalz

Pfalzkrimi. 168 Seiten, 2005, 9,80 EUR
ISBN 3-930927-91-8